OPUS
THE DAY WE FOUND EARTH

U0028496

裡的故鄉

OPUS 地球計畫

月亮熊 — 小說
SIGONO — 原著
封面插圖—天之火/內頁插圖—鸚鵡洲

【推薦序】

《OPUS 地球計畫—神話裡的故鄉》

——一場衷於原著又充滿巧思的天文童話微電影

在可以進行宇宙航行的未來，人類已經進行太空移民好幾個世紀，最後遺忘了地球的位置，地球成為了人類神話中的起源地。隨著基因改造工程的濫用，人類ＤＮＡ產生的缺陷即將導致文明滅絕，科學家認為只有找到人類最原始的ＤＮＡ，才有機會修復現有的基因缺陷。為了尋找神話中的故鄉地球，「OPUS-地球計畫」應運而生。

身為敘事遊戲的愛好者，在現有的手機遊戲生態環境下，總是很難找到讓自己心滿意足的作品。台灣的遊戲團隊 SIGONO 所開發的 OPUS 系列，憑藉著令人產生共鳴的故事、細膩的情緒堆疊、精緻的音樂以及平易近人卻又充滿神話感的世界觀，在短短兩個小時內讓我體驗到在手機遊戲中極少能感受到的情緒波動，讓我對 OPUS 系列作品愛不釋手，是少數我毫無懸念願意推薦給別人玩的手機遊戲。

聽到月亮熊要把「OPUS–地球計畫」改編成小說時，我本來心裡是很擔心的。一是我真的太喜歡這部作品了，很怕自己對小說期待太高；二是知道遊戲改編成其他敘事媒介其實相當不容易。

當一個故事的原作是透過遊戲的形式呈現時，意味著許多劇情橋段是為了服務遊戲體驗去設計，不適合直接變成小說中的內容。此外，遊戲有時會純粹使用構圖與音樂去表達某一個橋段的情緒；或是把較沉重的敘事內容使用線索的方式隱藏在遊戲背後，讓玩家自行體會……等等。這些設計在改作成小說時，勢必不能直接使用，要被解構重組成新的形式。而在這個重組過程中如何讓人覺得衷於原著，同時又不讓讀者覺得缺乏新意，其實是一件非常艱難的工作。

翻開小說，閱讀月亮熊重新詮釋的《OPUS 地球計畫—神話裡的故鄉》，讀完第一個章節就把我的擔心一掃而空。看來「OPUS–地球計畫」很幸運地遇到了對的作家。從文字的細節中，我感受到月亮熊是十分用心的在重新詮釋這部作品，該衷於原著的部分雕琢得更容易入口，該重新創作的地方修改得毫不違和。雖然流程跟遊戲有些微不同，卻又令人覺得這個故事好像本來就應該長這樣，沒有被原作綁住的感覺。就算做為單獨的小說作品也絲毫不遜色。

看著小說裡的文字，配上當年購買的OPUS原聲帶，我淚眼汪汪的陪著艾姆在太空船上回憶過去與博士相處的時光；陪著艾姆在太空站中操作著天文望遠鏡尋找神話中的地球；陪著艾姆訂下與博士的約定『艾姆會找到地球。』；陪著艾姆在失能的太空梭裡，不安、恐懼。明明是以前遊戲裡玩過的橋段，卻因為小說擅長的敘事方式不同，增加了許多以前我沒留意到的細節，讓我感受到另一種截然不同的體驗。當初玩遊戲我沒連結起來的小伏筆都被一一點醒，『原來以前這段劇情有這層意思！』的想法不斷在閱讀過程中襲來。透過文字，故事的拼圖一塊一塊地被補上，讓原本我心中對這段故事的感動被提升到另一個層次，覺得能夠讀到這部作品真的很幸福。

小說的最後幾頁，我眼睛滿滿的淚水，把書闔上久久不能自己。或許把遊戲跟小說兩個版本都體驗過後，才是完整的「OPUS-地球計畫」。

二〇一八年七月十五日　赤燭遊戲共同創辦人　王瀚宇

【推薦序】

無人深空裡的溫暖微光：「希望」

二〇〇八年，蘋果甫推出 App Store 服務時，架上僅有五百款 App（應用程式），到了二〇一八年，App 數量成長到了兩百一十萬個，其數之多，如天上繁星。

現今，每天都有數以百計的新應用悄然誕生，各種情報與新聞二十四小時不停歇地在各大情報網站上交替轟炸，某種程度來說，人類是一種生命很短暫的機械，注意力有限，時間有度，玩家與媒體往往只能注意到排行榜前端的作品。

而原作「OPUS–地球計畫」在那樣的資訊洪流中，就像是種異數般的存在，你很難不注意到它，也很難不在腦海裡留下深刻的印象，它或許無法滿足所有玩家的喜好，卻是那種喜歡的人，就會愛不釋手的作品。

原作遊戲於二〇一五年在 App Store 與 Google Play 雙平臺上架後，旋即在海內外引起熱烈的討論與共鳴，許多日本網友還撰寫專文探討「OPUS–地球計畫」所帶來的感動以及遊戲背後所隱含的意義為何。

次年推出Windows與Mac版本，而到了二〇一七年底，「OPUS–地球計畫」準備在任天堂Switch主機上發行的消息更是在各大媒體引起震撼，開發團隊SIGONO所踏出的這一步，如同在星辰大海中設立了一座信標，為台灣的遊戲開發者帶來勇氣，向遊戲玩家們傳達感動。

想創造出一款成功的遊戲，是件難事，過程中需要承受艱辛的薛西弗斯式的孤寂與痛苦；而要為一款成功的作品下筆撰寫改編小說就更為困難了，作者必須在既有的世界觀框架下，背負著玩家與讀者們的期待，與開發團隊一同攜手創造出更勝原作的精采作品。

而此般艱難的挑戰，對於曾獲角川華文輕小說大賞銀賞，也曾著過《Sdorica萬象物語》系列小說的作者月亮熊來說，似是十分遊刃有餘。小說《OPUS地球計畫—神話裡的故鄉》裡的文字如行雲流水，一旦開卷，就難以停歇。讀完以後，我不禁撐著下巴思考：「莫非這是直接拿遊戲腳本出來改寫的不成？」

許多玩家與媒體給予原作遊戲「OPUS–地球計畫」的評價與心得是：「動人」、「痛哭流淚」、「不只好玩，更要感動」、「邊玩邊哭的手機遊戲」；雖然遊戲本身操作簡易，但，過程中，隨著情節推進，玩家情緒愈發高漲，加上氛圍音樂（Ambient）

的渲染，淚腺相當容易失守，在最後的章節裡，我也忍不住皺著眉頭，揉揉眼角，深怕在咖啡廳裡失態。

但是，閱讀《OPUS 地球計畫—神話裡的故鄉》的過程就更為不可思議了。一般人或許會想，如果我曾經購買過完整版的原作，也達成了100%的遊戲進度，更在討論區上和海內外網友一起探討過遊戲劇情，那這本書對我來說是否還有意義？這樣的想法在閱讀之初也不斷地從我的腦海裡浮現，但是，當我讀到了第二頁，這樣的疑慮很快地就消逝而去了，緊接而來的是一種無法停止下來的渴求與欲望，一頁接著一頁，一頁接著一頁地閱讀下去。

確實要佩服作者月亮熊的執筆功力，原作中既已富含魅力的角色，在其筆下，變得更為飽滿、立體，同時呈現出更豐富的面向。若說我在「OPUS-地球計畫」裡的感動是一百分，那《OPUS 地球計畫—神話裡的故鄉》則帶給了我一百三十五分的感動，因為這次我來不及揉眼角，就落下了兩粒珍珠。

月亮熊對於文字的把握、情節的掌控、人物的刻畫、有機事物的描寫、無機環境的形容，都如臂使指，莫不制從。如果你曾體驗過原作，那這本書將為你拼上那些遺落的拼圖，許多內心臆測許久的疑問也都能夠得到解答；倘若此前沒有接觸過這系列作品，那真是太好了，盡情地隨著月亮熊的文字，徉徜於 SIGONO 團隊所創造的無人深空，與主角一同踏上希望的探尋之旅。

為了得到最好的閱讀體驗，建議打開「OPUS-地球計畫」遊戲，戴上耳機，讓音樂帶著你進入更深層的沉浸式閱讀體驗吧。

二〇一八年七月二十日　遊戲評論人　吹著魔笛的浮士德

目★錄

——我們的這顆星球，是一粒孤孤單單的微塵，被包裹在宇宙浩瀚的黑暗中。

天文學家卡爾・薩根博士

赫米斯銀河系，奧伯斯號

距離恆星 LISA：99597830 KM

地球探索任務：839 日

麗莎・亞當斯博士忽然想起她在念書時聽過的傳說。地球學教授曾假設過，地球人每一口呼吸都會在空氣中循環，隨著風跨越地表，經過每一個人類的肺部。而空氣中的原子不會改變形態，即使經過二十萬年，它們依然會不斷在空氣內循環，重複被吸入、吐出的過程，或許我們可以說，地球的人類吸入的每一口氣，都是地球幾十億年的歷史。

而人類仰賴歷史立足維生。

這說法聽起來是有些浪漫過頭了，但她不可思議地認同這點。在情感面上，這或許反而是最接近正確的解答，沒有歷史的生物就越難定位自己是誰、從哪裡來，以及要往哪裡去。

就是那份追求真相的欲望戰勝了一切，讓麗莎・亞當斯不惜代價成為太空員，告別家鄉搭上太空船，開始時光漫漫地漂流在宇宙之中。

如今，他們已經來到探索計畫最後一個星系。

麗莎伸出手，將金色短髮繞到耳後以免妨礙視線，她穿著簡單的T恤與長褲，再披上一件白色長袍，盤腿坐在明亮的米白色空間中央——雖然這裡是太空船的主控室，環繞周圍的儀表板上發出穩定光芒，象徵一切運作順利——但這裡同時也是獨屬於她的空間，所以她想怎麼坐都可以。

「好的。讓我們看看……覆寫，完成。」

一名橘色機器人躺在她面前，頭部特地設計出表情顯示面板，迷你圓柱型的外觀也十分討喜。機器人身體底下沒有設計雙腳，而是可以懸浮的設計。她屏氣凝神地操作系統，確認將機器人與主控臺連線完成之後，才將面板蓋上，重新啟動電源。

「泛用艙外活動機械人OP1414型，程式啟動中。」

在她鬆了口氣，開始收拾手邊工具的同時，主控室的螢幕也發出一道提示音。

「順利啟動——真誠！我啟動了。」她高舉雙手，不曉得是在對哪個方向呼喊。

「妳不需要那麼大聲，我就在妳後面。」男人踏著漫不經心的步伐從她身後靠近，雖然聲音敷衍，手指卻一絲不苟地劃弄攜帶式螢幕，研究從控制臺接收到的行星資料。

「很好，你先放下螢幕，仔細看看我的機器人。」

「先等這東西動起來再說吧。」毫不關心的回應。

她不甘心地撇撇嘴，大力按下開機鈕，直到機器人的喇叭上繼續傳來平板無起伏，但還算可愛的電子指示音。

「掃描中。

資料登錄中。

人工智能系統載入中。

前置作業準備完畢，模擬性格資料準備完畢。請輸入使用者名稱。」

「要用我的名字嗎？」身後傳來打趣的聲音。

「才不。如果被你登錄的話，他肯定會被你養成史上最無趣的機器人──輸入：麗莎．亞當斯。」

「收到。麗莎．亞當斯。

登記使用者資料已確認，模擬性格開始運作。」

「等等，無趣？這是什麼意思？」

「字面上的意思。因為你就是個無趣的男人，竹內真誠。」她的聲音像諷刺力道十足的悠揚歌曲。

「嘿！」男人瞇起雙眼，那讓他看起來更容易顯得不悅。「等一下，妳知道輸入性格資料是違反機器人法的嗎？」

「我知道，但這裡是外銀河系，也不在法律管束地區。只要不上傳他的資料，太空站不會注意到這些細節的。真誠，放心吧，這是為了任務順利的必要之惡。」

「妳真的曉得自己在說什麼嗎？」

就在他們交談的途中，機器人「睜開雙眼」。

他們停止爭論，同時看向小機器人。

所謂的睜開雙眼，其實也不過是頭部螢幕做出眨眼的表情，麗莎猜測那對攝影機正在拍攝畫面，將她與真誠的五官傳送進電子迴路，經過複雜的運算做出回應，並將他們的行動歸檔至資料夾內。即使如此，麗莎仍感到前所未有的興奮。

「麗莎．亞當斯？」機器人發出可愛的電子音。

「是的，請稱呼我博士就好。」

「好的！妳好，博士，我是OP1414，泛用艙外工作用機器人。」

成功了。麗莎感覺自己心跳快了好幾拍，不過還沒結束最重要的階段，名字，她必須想個名字才行。名字可以賦予靈魂，讓物體接近更完整的生命，就像……

她眼神輕輕一瞥，看見工具箱旁的研究書籍，像一道乍現的靈感。沒錯，就是這個。她深深吸氣，盡可能以堅定的口吻傳達這份「命令」。

「我要進行改名，OP1414，你就叫做——艾姆（Emeth），沒錯，我要叫你艾姆。」

眼前的機器人溫順地接受指令。

「系統命名中——艾姆?這是艾姆的名字,OP1414的名字是艾姆。」說完,機器人的儀表板做出笑臉。但很快地,艾姆將注意力放在其他地方,對這個陌生的空間明顯感到好奇。「這裡是什麼?」

「這裡是名為奧伯斯的太空船,艾姆,你身處的空間叫作望遠鏡室,也可以稱為主控制室。」

「主控制室、望遠鏡室、太空船……這些是什麼?」

「等等,這是什麼人格?」真誠打量機器人的反應,發現它的反應有種奇異的違和感。

「你注意到了?我替它灌輸了幼兒型人格,很多東西都要從基礎教起。」

「該死,幼兒型人格!妳認真的嗎?」

「怎麼了?這麼激動的反應還真不像你。」

「灌入個性就算了,為什麼反而是一無所知的幼兒型?從各種角度來說都太危險了。妳直接無視了機器人道德法?這有機會被控告上宇宙法庭的!」

「這裡可是幾十萬光年遠的境外銀河。」麗莎聳聳肩，朝他眨了眨眼。

「但妳乘坐的太空船是境內製造啊！」真誠完全控制不了自己的音量：「還有，如果這東西因為過度無知，做出破壞太空船行為的話——」

「危險是什麼？」

「安靜，機器人。」他低喝一聲。

「安靜是什麼？」

真誠不再說話，而是回頭瞪著麗莎，表情就像是在說「妳最好有辦法處理這東西」。

「我會再灌輸多一點基本字彙給它。」麗莎終於態度放軟。「但有我的原因，真誠。」

「妳唯一的原因我還不了解嗎？麗莎，妳不能因為自己沒有孩子，就把它當作——」

她立刻翻了個白眼，以眼神責難真誠的不識相。「笨蛋，這跟孩子的事才沒有關係。」

「博士的孩子？那是什麼？」艾姆提出疑惑。

機器人對這個詞產生反應，讓麗莎暗自吃了一驚，不過她馬上便反應過來。

模擬幼兒人格具有強烈的好奇心，會對一切未知的事物提出疑問並記錄，由於沒有灌輸許多應該內建的辭彙，讓艾姆的反應的確看起來像個孩子。所以他如果對許多事情提出疑惑也是很正常的，不如說，這樣看似缺陷的模擬人格，才是麗莎真正需要艾姆的原因。

「真是的，都怪真誠。害艾姆記錄了多餘的辭彙。」麗莎輕描淡寫地微笑起來。

「艾姆，把剛才那個辭彙的資料刪除。」

——即使如此，也是有艾姆不需要記錄的資訊。

「好的，艾姆刪除了。」

「好孩子！」

「……嘖。」真誠咬著牙，煩躁地在原處徘徊，試圖讓自己專心在小螢幕上。「機械貓或機械狗不好嗎？偏偏是個幼兒型人格……」

「放心，等到我們進行探索的時候，你自然就會明白了。」

真誠正要開口辯駁，但他首先注意到起身行動的 OP1414——不，現在要稱呼艾姆才對——他開始滑行，以麗莎博士為中心在控制臺內繞圈，過程意外地安靜，接著來到控制臺角落停下，雙眼落在穹頂艙外的景象。那是一片圓形強化結構玻璃，就在望遠鏡的控制臺後方從事任務，只要一抬頭便能清楚看見整片星空。

艾姆在那裡停了下來。

「喂，妳的人工智能寶寶需要幫忙，他當機了。」

「噓。那才不是當機，安靜點，讓他做他想做的。」

真誠不滿地將雙手交疊在胸前，聲音陰沉。「妳最好現在就給個解釋，麗莎。」

她垂下眼簾，接著又馬上仰起頭來，露出燦爛的微笑，不容許自己的精神有半點消沉。

「真誠，我老實說吧，我們的任務已經停滯太久了，就算是再樂觀的我也能力有限。」她一手抵在脣邊，她的臉龐透露出疲憊，雙眼卻映照出充滿波光的神采。「所以——你難道不覺得，我們正需要一個純淨又嶄新的視野，找出任何可能被忽略的盲點嗎？」

男人遲疑著是否該接受這個答案。「這就是妳選擇幼兒型人格的原因？只是因為這樣？」

她勾起淡淡微笑，「不，是因為我們已經很接近了。」麗莎說完，起身走到艾姆身旁，與他一起遙望穹頂艙外的景色。

宇宙外是無聲的綺麗世界。因為沒有空氣。在厚厚的強化玻璃外，是整片猶如靜止的星空畫布，那些數不盡的未知數據，化身大小不一的光點灑落在黑夜之中，在窗戶上方勉強能看見一顆最大的恆星體，散發出比任何星星都刺眼的亮光，象徵這片銀河系的中心。

「有好多發光體，艾姆無法一一進行辨識。」小機器人說。

「喜歡星星嗎，艾姆？」

「那些是『星星』？」

「對，每個星星都有它獨特的故事，放心，我會慢慢告訴你。」

「艾姆喜歡星星。」他的表情在笑。

「你喜歡？」這下她更加驚喜了，即使艾姆的答案可能是出自程式的隨機選擇，麗莎仍感到自己被觸動了。「那實在太好了，因為我打算給你一個任務。」

「請博士儘管交代，艾姆會努力的！」

她深色的眼眸中閃爍著光波，彷彿藏了另一片星空。

看見艾姆大聲回應的模樣，一股暖流竄進體內，不是因為那可愛的電子音牽動她的情緒，而是在那之外的，更重要的東西。她覺得自己離希望又靠近了幾分，麗莎・亞當斯輕輕摟住艾姆，接著另一隻手比向窗戶，指著那片深邃黑暗，以及巨大的恆星「LISA」。

她興奮開口，宣示艾姆從今而後將要背負的重大使命。

「艾姆，成為我的眼睛……一起找回人類的『歷史』吧！」

在那之後，麗莎開始指導艾姆如何使用望遠鏡，而艾姆也學習得很快，完美重現了麗莎的示範，真要說人工智慧的優點，或許也就在這裡吧。不用擔心記憶出錯，只要將操作動作調整好，就不會再有操作不熟悉的問題。

在稍微放心的同時，麗莎也終於能夠向他解釋「地球探索計畫」的細節。

而那個稱之為地球的行星，是麗莎與真誠的家鄉，正確來說——是人類的「第一個家」。

地球上的人類一度離開他們居住的星球，在別的星系展開新生活，至於離開的真正原因眾說紛紜，真誠與麗莎也為了這個命題辯論不下十次，但那都是出於浪漫（或者稱之為空洞）的想像，所以通常話題也會不了了之。

畢竟，如果只是想知道地球人為何遷徙，是不足以讓政府發展太空科技，把麗莎·亞當斯這種知識狂熱分子送上宇宙的。

「艾姆，你知道嗎？人類真正亟需找到地球的原因，是為了基因（Gene）。」

「基因？」艾姆露出困惑的表情，「艾姆的資料裡沒有這個字。」

「是這樣的，基因一詞源自更古老的文字，從原本指稱『種子』的辭彙改變而來，成為『後裔與生殖』的象徵。而更科學一點的說法，我們稱之為人類的DNA——最基本的遺傳單位——」

「後裔？生殖？艾姆不懂。」小機器人並沒有因此解除疑惑，而是提出更多問題。

「這個、呃、我想想，該怎麼說呢？就是……等等，真誠，你在偷笑什麼？」

麗莎抬起頭，冷冷瞇眼瞪著坐在椅子上，盯著主控螢幕露出奇異微笑的男人。

「妳繼續解釋啊，別管我，我只是覺得很有意思。」

「我討厭你現在的表情，非常討厭，會讓我想起實驗室裡壞掉的冷藏基因標本。」

真誠此時悄悄換了個表情，只是嘲弄意味更加明顯。她幾乎為之氣結。

「博士？」

「艾姆，你現在還不用曉得那麼多。我們繼續操作望遠鏡吧。」麗莎發出過於嚴肅的聲音，雙手搭在艾姆身上。

「好的！」

「別傻了，就算把實驗室整群人搬來也找不到地球，何況多個幼兒鐵罐頭？」

「真誠，你又說那種喪氣話了。」她皺起眉頭。

「我這才不叫喪氣話，而是根據經驗推斷出來的事實。地球根本不存在。」

「收起老掉牙的反起源假說吧，你沒有足夠證據說明地球不存在。」

「但妳也沒有足夠的證據說明地球存在。」

「你……」麗莎垂下頭來，表情痛苦地揉著額頭。又來了，每次一聊起這種話題，他們就等於是要吵個沒完。「隨便你，既然我們都沒有足夠的立場證明這點，那你只要安靜執行任務就行了。」

「任務？那是鐵罐頭的工作吧？」真誠語氣淡然，甚至像是在刻意刁難。

看著那得逞的微笑，她翻了個白眼不再看他，忽然，艾姆在此時大聲抗議——

「艾姆不是鐵罐頭！」

他們嚇了一跳，同時望向那個跳躍的機器人。

「他——剛剛說了什麼？」

「真不可思議……艾姆學會表達不滿了。可是，為什麼會不想要這個稱呼？」麗莎略略驚訝地看著他的變化，這大概是她頭一次聽見艾姆激動反對一件事情。

「因為真誠都會那樣叫我！」

「什麼？」男人身子一震。

「真誠會欺負麗莎，所以艾姆討厭真誠！也討厭鐵罐頭！」艾姆的聲音如此理直氣壯，讓兩個人當場愣在原地。

整個主控室大約安靜了兩秒，接著，是麗莎・亞當斯控制不住的爆笑聲，以及真誠沉默不語的難看表情。只有艾姆還在驚訝，不瞭解他們為什麼做出這樣的反應。

「艾姆說錯話了嗎？艾姆是真的不開心！」他再次高聲強調，惹來麗莎又一次大笑。

「噢，艾姆！我真喜歡你！」

麗莎開心地摸摸艾姆的頭，一開始，他似乎還搞不懂這個行為的意義，但博士又反覆了幾次之後，他很快便適應這個動作，甚至擺出開心的表情。

「博士喜歡艾姆，艾姆開心！」

「我受不了了，我要離開這裡。」真誠瞇眼站了起來。

「討厭鬼，你要去哪？」

「一個不用參與你們對話的安靜角落。謝了。」

真誠輕哼一聲，將檯面上的資料收拾收拾，便轉身回到自己的房間去。麗莎・亞當斯仍發出輕快的歡笑，不得不說，她現在心情好極了。

「真誠逃走了嗎？」艾姆得意地問。

「嗯、不，他大概是去引擎室了。別管他，生悶氣是他的興趣。繼續吧，艾姆，資料比對得如何了？」

「行星比對資料出來了。」艾姆先是花了點時間傳輸資料，才在麗莎懷中發出遺憾的聲音，「只有65.18%……」

「這樣啊。」麗莎依然保持微笑，和他一起看著分析資料結果。

星球表面溫度是285℃，水分78%，半徑是地球資料的一倍……總體來說，這顆行星肯定不是地球。即使如此，能夠達到65.18%的數字，也是這陣子以來少有的突破。

研究一顆行星的機會有限，麗莎與真誠沒有足夠的時間判斷要先分析哪顆星球，因此除了經驗以外，也得仰賴一定程度的直覺，試著做出平常不會做的決定，或是跳脫原有的思維去尋找目標。

——果然如同她所想的，艾姆「選定目標」的方式與她不一樣。

「對不起，不是地球。」艾姆或許是以為博士在失望，因此也發出難過的聲音。

「不，艾姆，這可是目前比對過程中最高分數的結果，你應該為此高興唷。」

「可以高興嗎？」

「可以！」

「那——艾姆很高興！」

他們兩人同時發出小小的歡呼。

這是充滿希望的進步，至少麗莎如今堅信。

再來，就是地球上有沒有「人類基因」的問題了。

來到新星系的人類，經歷至少幾十萬年以上的時間演化，如今已經發展出成熟的基因改造技術，可以大幅度決定ＤＮＡ的成形，就像拿到程式的原始碼，他們可以自由定義與改變人類的基因。

但經過這樣長久下來的大量改造，也漸漸造成ＤＮＡ開始產生不明缺陷，發生各種無法預期的ＤＮＡ失控，又或者是無法瞭解原因的疾病。

最後是某個學者提出論述——人類過度改造了自己，因而喪失身為人類的本質——只有找回最原始的ＤＮＡ基因，才能根除這些失控的問題。

然而在經過這麼久的改造過程，他們早已缺乏人類最原始基因的紀錄；更誇張地說，大多數的人是主動拋下舊基因的。在基因工程發達的世界裡，純種人類已經是必須被淘汰的舊產物。

相信地球存在的人類越來越少，就算有辦法證明其存在，大概也不會有多少人願意承認吧？太空旅行能夠走到這一步，除了學者們的堅持不懈，也是因為政府終於承認，他們對基因問題束手無策。

奧伯斯號承載了眾多複雜的立場，以及各種形式的絕望與希望，向遠方的星系升空。這個由昂貴材料打造而成的太空船，看似要拋下地表的所有俗事，卻又像是將這一切難題交由未知的命運來決定。

「每個人都懷著不同的想法呢……」

麗莎‧亞當斯發出很輕很輕的嘆息。

「博士？妳還好嗎？」

「嘿嘿，鐵罐頭真乖，擔心我嗎？」她回過神來，立刻露出燦爛的笑容。

「是艾姆！」

「啊哈哈，對不起對不起。親愛的艾姆，你知道為什麼真誠會憤怒嗎？」

「因為艾姆贏了！」

「嗯，這當然也是……不、不對，那並不是真正的主因。而是因為真誠並不相信自己追尋的目標。」

「目標？」

是啊，沒錯。一個人如果沒有目標，就會變得像真誠那樣。麗莎・亞當斯立刻在內心想起那傢伙的表情，努力忍住才沒有抱怨出口。

「那艾姆的目標呢？艾姆也沒有目標？」

「對啊，艾姆知道嗎？沒有目標的機器人就只是臺計算機而已喔。」

「計算機？艾姆只是臺計算機！」他的反應有些茫然。

「傻孩子……」她笑出聲，「所以麗莎要給你一個目標。聽好了喔……」她摸摸艾姆的頭，然後將掌心溫柔地貼在艾姆手上，輕聲宣告：「你的目標，就是找到地球。」

艾姆的身體發出嗡嗡聲，修改腦中的指令排序。忽然間，他的表情與音調都微微改變，比先前的反應都更加堅定。

「找到地球。」他認真看著博士重複。「艾姆會找到地球。」

看著他的反應，麗莎一時間說不出話來，感動與愧疚，期待與落空，以及更多複雜的情緒同時在內心糾結。

真誠的話還在她內心盤旋，然而她也清楚，不管就哪種角度來說，她都需要艾姆，更甚艾姆對她的依賴。

已經沒時間思考退路了。

麗莎・亞當斯鼻頭一酸，最後，她選擇對艾姆露出同樣堅定的微笑。

「是的，找到地球。」她點點頭。

「艾姆會找到地球！」

「好，那我們一起努力，跟博士約好了？」

「艾姆跟博士約好了……」

小機器人瞇起圓眼，就像是完成了一件很重要的事。

麗莎・亞當斯咧嘴，感受艾姆賜給她的勇氣。

——是的，約好了。

或許她這段日子所渴望的，就只是這麼一個簡單的約定。

地球探索任務：日期不詳

「泛用艙外活動機械人 OP1414 型
代號：艾姆
重新啟動完畢。」

主控室的聲音響徹這座太空船。

聽見那道聲音，艾姆也跟著清醒過來。

「嗯？」

起初，他對眼前忽明忽暗的地方感到困惑，但這困惑並沒有持續太久，當眼中的攝影機自動辨識完畢後，一道訊息顯示在螢幕上，讓艾姆確定這裡是奧伯斯號的主控制臺。

也就是說，他竟然在主控室內「關機」了。

自從被麗莎博士開機以來，艾姆就不曾關機過，頂多進入休眠型態。他在腦中搜尋日期最近的資料夾，發現最後一次紀錄時被強制中斷了。看來是不正常關閉所造成的影響。他一邊替自己進行掃描，一邊確認目前所知的資訊。

「電力不足，無法更新更多資訊，唔……艾姆只記得正在看星星，主控室在廣播……接著呢？」

他苦惱地試著回想，卻毫無頭緒。

「地球探測船：奧伯斯號，重新啟動中。太空船供電不足，系統嘗試回復中。」

那打斷思緒的廣播聲再度響起，他反應過來，轉移目光到望遠鏡上。

供電不足，原來如此。太空船曾經有小段時間電力不足的情況，所以才會將大部分動力關閉吧。既然這樣的話，博士肯定是去休息了。

博士經常在自己的實驗室埋頭工作，往往要艾姆在主控室大聲廣播，博士才會從房間內探出頭來，不過這行為也經常會引來真誠的訓斥。艾姆從此記取教訓，只有在找到行星的時候才會呼喚博士。

也就是說，不管關機的原因如何，只要艾姆繼續搜尋行星，博士自然就會出現了。一想到這裡，他的心情立刻輕鬆許多。

「那麼，任務繼續執行，先來做望遠鏡例行檢查吧！」

艾姆立刻切換優先指令順序，來到望遠鏡的控制臺前。

奧伯斯號的天體望遠鏡是需要精密操作的儀器，真正的望遠鏡本體架設在太空船外，比艾姆或博士都還要巨大。博士曾說，那個望遠鏡是尋找地球最重要的工具，一旦那儀器無法修復，對尋找地球的任務將會是一大損失。

「控制臺，請確認望遠鏡能不能運作。」他下令。

「望遠鏡電力不足：系統嘗試修復中……

相位移動系統：正常

星域雷達：異常

象限雷達：異常」

控制臺在檢查過後一一回報結果，內容卻讓艾姆感到些許不安。

奇怪了，不該是異常的吧？

他立刻檢查電子迴路，找出上一次保養望遠鏡的紀錄資料。果然沒問題，上次之前望遠鏡功能還是好的。

所以關鍵還是「突然被關閉電源的那天」——是斷電帶來的影響嗎？

「這樣的話，不曉得最重要的地球探測儀有沒有狀況？」艾姆漸漸緊張起來，立刻出聲命令：「奧伯斯，請啟動地球探測儀。」

「太空船供電率10%，嘗試修復地球探測儀。

地球探測儀啟動。」

……沒問題。這樣就可以校正行星位置，隨時進行瞄準了。

艾姆鬆了一口氣，來到控制臺前就位，只要在控制臺上校正角度，就能讓望遠鏡拍攝指定地點的星體。角度與操作方式都十分複雜，就連麗莎博士為了教導艾姆如何使用望遠鏡，也花了半天時間。

調整完螢幕上的準心，他繼續專注執行自己的「目標」，因此忽略了從背後輕輕飄過的浮空投影機，以及一道劃開空氣的詭異電磁聲。

「這次艾姆一定要找到地球。」他喃喃自語著，透過與主控臺連線迅速調整方位，電子螢幕也隨著準心移動——秀出那些星星的代號編碼——他的螢幕滑過一顆名為「Lisa-872」的行星體，那是博士在這個星系探索到的第872顆微型行星，凹凸不平的形狀像極了扁豆。

就算只是微型行星，也會被標記臨時編號，確定軌道之後再給予「序號」，最後才有可能獲得正式「命名」。但數量實在過多，博士最後也放棄一一標記，專注在更大的行星上。

「只要找圓形的星星就好，博士說過。」

他的目光不再停留於 872 上，而是來到艾姆真正想找尋的目標。

艾姆首先確認 LISA 恆星的位置，畢竟星體是會不斷移動的，隨著太空船的軌道產生變化，他也必須配合修正每一項細節。

——地球編號 9975。

他在螢幕上做出臨時標記，接下來就是不斷校正望遠鏡的清晰度，讓電腦有足夠的信息進行分析比對。他看著一張張被貼在牆上的光學照片，其中有幾張寫滿大量字跡，那些都是博士對照片的比對與分析資料，而這些經年累月的知識，博士都鉅細靡遺地傳授給艾姆了。

在與博士相處的日子中，艾姆總共標記了99顆行星。面對艾姆成長飛快的搜索技術，就連一向愛唱反調的真誠也無法反駁。

反正不管真誠怎麼說，只要博士開心就夠了。想是這麼想，但是當比對結果出來之後，艾姆忍不住一陣失望。

與地球資料符合度為 21.00%。地表溫度 357℃，沒有水分。艾姆在電腦留下

「emeth-100」的紀錄，大失所望地嘆了口氣（這是跟博士學來的動作）。

既然只有21%，就沒有跟博士報告的必要了吧……？

他滑行離開螢幕前，主控室還沒完全恢復電力，所以也沒有開燈，窗外的景色在此時顯得特別耀眼。只是直到此時，艾姆才重新注意到一件事。他抬起頭，看向穹頂艙外的景象。LISA恆星依然耀眼，象徵這片星系的中心，任何星體——包括艾姆——都只能繞著它打轉。

「話說回來，LISA……變得更亮了？」

艾姆呆立在窗前，一邊核對自己的記憶。他緩緩移動位置，在電子腦中播放以前欣賞恆星的畫面，發現自己的猜測是真的：恆星不只變得更亮，也似乎變大了一些。

恆星會移動？這樣是正常的嗎？他轉頭想發問，卻發現這裡沒有人能夠回答他的疑惑。

艾姆這才意識到問題所在。

或許是體內指令順序的關係，直到探索行星的任務執行完畢，他才終於注意到太空船內的狀況很不對勁。忽明忽滅的螢幕光芒、地上凌亂散落的行星照片，還有那陷入無聲的寂靜。明明艙內有幫浦聲、風扇聲、電子裝置的嗡嗡聲……但艾姆就是覺得還少了什麼。

「博士……?真誠?有人在嗎?」

「嗡滋——!」

彷彿在回應艾姆似的，在他前方迸裂出雜音，一道如閃電般的藍光在艙內乍現。

艾姆嚇得往後靠去，然而那道藍光只閃現了幾秒，便帶著劈啪聲響消失，主控室再次恢復黑暗。他詫異地盯著藍光消失的方向，雖然已用電子腦記錄下一切畫面，他卻完全無法分析藍光的由來。

「哇!剛才那個到底是什麼東西!」

他慌亂地原地打轉，才又回過神來，發現身邊沒有人能夠替他解答。

艾姆只好不死心地繼續分析，在腦中重播剛才的畫面，發現藍光在艙內四處閃現，最後消失的位置正好落在正中央。如果說，那道藍光不是「消失」，而是「移動」了呢?它會去哪裡?又是從哪裡冒出來的?那道藍光……該不會是讓太空船停電的元凶?

「阻止那道奇怪的藍光，也有助於艾姆繼續專心觀察星星!」艾姆像要說服自己，迅速滑過純乳白色的地板，他試圖開啟地上的通道門，卻發現緊閉的艙門文風不動。「奇怪，艾姆有自由出入的權限才對，控制臺——」

「太陽帆運作正常，供電率已達20％。」

控制臺忽然發出鼓舞人心的聲音。艾姆驚喜地看著電燈恢復明亮，艙門也應聲開啟的音效。

「太空船恢復供電了？」艾姆張望，看著終於恢復明亮的主控室，那柔和的亮光也跟著點燃他的希望。不管太空船情況如何，恢復正常運作終究是件好事。

他看著控制臺的房間中央，地面有一塊凸起的圓形金屬通道門，就像個蓋子似的，把手上方寫著「行星研究室」。這個地方就算不用高等權限也能進入，艾姆打開通道，沿著梯子往下層房間爬去。

這裡頭是有別於主控室的明亮設計，是灰色調的房間，一道巨大的螢幕占去半個房間。那些原本停擺的機器也開始運作，發出吵雜的聲響，而螢幕上也同時映出這片銀河系的完整大地圖。

螺旋圓盤狀的銀河系在螢幕上緩慢自轉，利用程式模擬其他恆星存在的可能性。而除了銀河系的完整圖像之外，下方的小螢幕也清楚標示出不同象限的星域圖，其中也有幾個螢幕閃爍雪花雜訊，但艾姆根本想不起它們原本的內容。

所有從望遠鏡得到的資料都會傳到這裡，由博士進行第二步整理，讓這幾張星域圖的內容更加詳盡完整，這一向不是艾姆參與的部分。

「這是奧伯斯的位置……」他看著螢幕上閃爍太空船的座標，以及不同象限的宇宙地圖。

馬可夫。這是他們現在太空船「停泊」的衛星。為了節省奧伯斯太空船的電力，博士與真誠選擇一顆穩定的行星繞行，好讓太空船與 LISA 恆星保持固定距離。

「這個艾姆知道，馬可夫衛星位在第一象限。」艾姆盯著地圖發愣，赫然想起博士曾經教過的知識。博士以 LISA 恆星為中心，將這座銀河系劃分出四個象限進行觀察，畢竟在立體空間內，不同角度的觀察會產生不同的光景，象限的劃分會讓記錄更加方便。

「艾姆好想聽更多關於星星的事情……但是，為什麼這裡感覺沒有任何活動跡象？」

他感嘆地打量四周，發現既沒有藍光的存在，也沒有博士的身影。

他明明肯定那道奇怪的藍影是往這裡來。

艾姆一路掃描，發現資料與書本竟然凌亂地四處散落，桌子上、椅子上、地板上，到處都是紙張散落的痕跡，博士從來不會任由這些珍貴資料亂七八糟地擺放，頂多堆疊在一起，但現在整個研究室的畫面只能用一片狼藉來形容。

這個畫面讓艾姆回想起一段資訊，他在腦中搜尋影像資料，找出當時博士帶著艾姆觀看神話時代的殘留資料影片。

影片述說著神話時代的太空戲劇，博士興奮地說這叫「恐怖片」，艾姆是不太懂，但不管是少見的2D畫面，還是那些充滿復古感的太空船設計、或是角色過時的衣著打扮，都讓艾姆產生一股奇妙的違和感。當影片來到最高潮的殺人劇情時，研究員發現自己的房間被人「入侵」，所有東西都被惡意破壞、散落一地，那原本應該要是緊張的氣氛，艾姆卻只是困惑地看著演員發出慘叫，不明白那些複雜的情緒從何而來。

「那就是『恐懼』。」博士當時興奮地向他解釋。「人們很容易會對突如其來的變化感到害怕，尤其當壞蛋會對自己造成傷害的時候。怎麼樣，是不是很有趣？就算已經離神話時代如此遙遠，人類的感情反應依然恆久不變呢。」

艾姆收起影像資料，開始思索眼前的景象算不算是被「入侵」了。

這讓艾姆開始產生不好的預感，腦中竟浮現壞蛋闖進太空船，奪取機密資料的恐怖危機畫面，而凶手當然就是那道來去無蹤的藍影。

一旦他做出這樣的推斷後，惱人的機械運作聲響徹房間，混雜著陌生的電磁流動聲，讓研究室立刻增添幾分恐怖的氣氛，讓艾姆的想像異常具有說服力。

他在腦中不斷搜索此刻的反應，迴路冒出許多辭彙，最後只想到博士說過的字眼。

這就是……「恐懼」的感覺？

「放射研究、生化研究、流體研究……艾姆都看不懂呢。」艾姆小心前進，一邊撿拾地上的文件，但他每前進一段距離，就會撞倒更多堆疊在地上的文件。「哇——真是的！博士到底發生了什麼事，把東西搞亂成這樣！」艾姆氣得忍不住大喊，沒想到就在他抱怨的當下，藍色電光又在背後出現了。

「嗡滋——」

「哇！」

艾姆嚇得將紙張又撒飛出去，雙眼卻冷靜地捕捉住藍光的移動軌跡。

氣壓在震動，彷彿配合那藍光製造出來的噪音，以不穩定的頻率拍打空氣。他討厭那道聲音，但這次艾姆看得更清楚了，藍光一開始像顆電球，但在頻繁閃爍的過程中，反而像是藍色的雪花螢幕逐漸組成的形體，然後當控制臺傳出廣播時，眼前的藍光形體越來越大，越來越大……朝艾姆的方向直撲而去。

不對，應該說是從艾姆身上「穿了過去」。

在藍影觸碰到他的瞬間，艾姆感到渾身產生低頻率的震盪。他哇哇大叫，一道道陌生的記錄訊息流入電子迴路，用強硬的方式展現在他眼前——

真誠板著臉孔打開門，冷冷朝這個方向瞪來。

博士溫柔的笑聲自體內竄出。

螢幕切換成巨大的 **LISA** 恆星。

笑聲停止了。

「這樣下去……不行。」

艙內不曉得發出了是博士，抑或是真誠的聲音。

——可是不對，這些不是艾姆擁有的記憶。這不是他的，太奇怪了。

果然是「恐懼」，沒錯，他已經完全明白了，此刻的經歷讓艾姆感到十分「恐懼」。

「哇哇……哇！這到底是什麼啦！博士！」

艾姆再也無法保持冷靜，他用力晃著頭，像是要將那些陌生的影像甩出身體，然後揮舞著雙手快速爬出研究室外。然而艾姆並未料到的是，那藍影竟像是有意識般追在他身後。

——為什麼反而跟上來了啊！

艾姆嚇得大叫出聲，迅速蓋上通道門，來到控制臺螢幕前大喊：「我知道那是什麼了！肯定是博士說過的『壞蛋』！奧伯斯，這裡有怪物！」他隨口喊出真誠先前用來嚇唬他的名詞。

「——**指令不明。請重新指示。**」控制臺平淡回應。

「有真誠……不對，有壞蛋！太空船裡有壞蛋！」

「——**指令不明。請重新指示。**」

艾姆氣得跺腳，卻拿控制臺沒有半點法子。「艾姆沒辦法跟你溝通！快聯絡博士，博士才知道怎麼處理！」他氣呼呼地拍著螢幕，但那藍影又在此時靠近了幾分。「哇啊，奧伯斯！怎樣都好，快執行緊急狀態！」

「——**請問要再次進入緊急停電狀態嗎？重複請求確認。**」

控制臺反而對這句話產生反應，艾姆僵在原地，如果再次確認的話，太空船就又要進入停電狀態了？這豈不是連他自己也會再度停機？

「不……不行！艾姆不能停機，艾姆還要找到地球才行！拒絕確認！」

「——收到。已取消確認。電源已穩定，執行指令編號2，穩定開啟輔助人工智慧。」

「什麼？」

艾姆愣了愣，他知道「人工智慧」這個詞，但不曉得這個執行指令是來自誰的指示。

他還未反應過來，那淺藍色的投影停在艾姆身前，在一陣滋滋作響聲後，那藍影在空氣中逐漸成形，變成艾姆再熟悉不過的模樣。

「系統重開機完成，全系統檢查完成，沒有異常。」

藍影在此時第一次發出聲音，投影間的電磁產生了波動，宛如水波般漣漪開來。奇異的是，那道聲音艾姆並不陌生，他甚至已經聽過上百次了。

藍影的模樣也很熟悉，它有著與博士一樣的衣著與身形，五官也與紀錄中的資料一致，差別只在於眼前博士是藍色的。不再是暖陽般的金髮、白皙透紅的肌膚、亮橘色上衣與起皺的白色實驗外袍……各種深淺不一的藍取代她原本的色彩，但即使顏色不同了，那抹微笑依然令艾姆感動。

「博士？」艾姆的聲音因驚喜而顫抖。

他沒有認錯，全身每一道電子訊號都在告訴他，那就是麗莎博士。

因為那眼神帶著同樣的溫柔，也有著跟博士一樣的藍色眼珠，宛如大海的廣闊。那道水藍色的眼眸他再熟悉不過了，不管是神話時代的海洋紀錄片、地球的假想星球照或是當博士看著艾姆說話的時候，他總能從中找到同樣沉靜的色調。

艾姆知道。

那是屬於博士——也屬於地球的顏色。

太陽帆&離子推進器的動力設定

奧伯斯太空船同時具有太陽帆與太陽能離子推進器，利用磁場加速離子產生推力，所用能量由太陽能帆提供。在經過多次的改革之後，技術已經十分成熟，效率也極高，適用於廣泛的太空探索任務。

奧伯斯位於銀河的地理觀念

在宇宙無數億星系之中，赫米斯銀河系具有千億顆恆星與大量星團、星雲，其中一個 LISA 星系以 LISA 恆星為中心，十顆行星天體在此圍繞恆星 LISA 打轉。而奧伯斯太空船為了躲避恆星閃焰，停泊於「Malkuth」行星的陰影面，努力尋找地球。

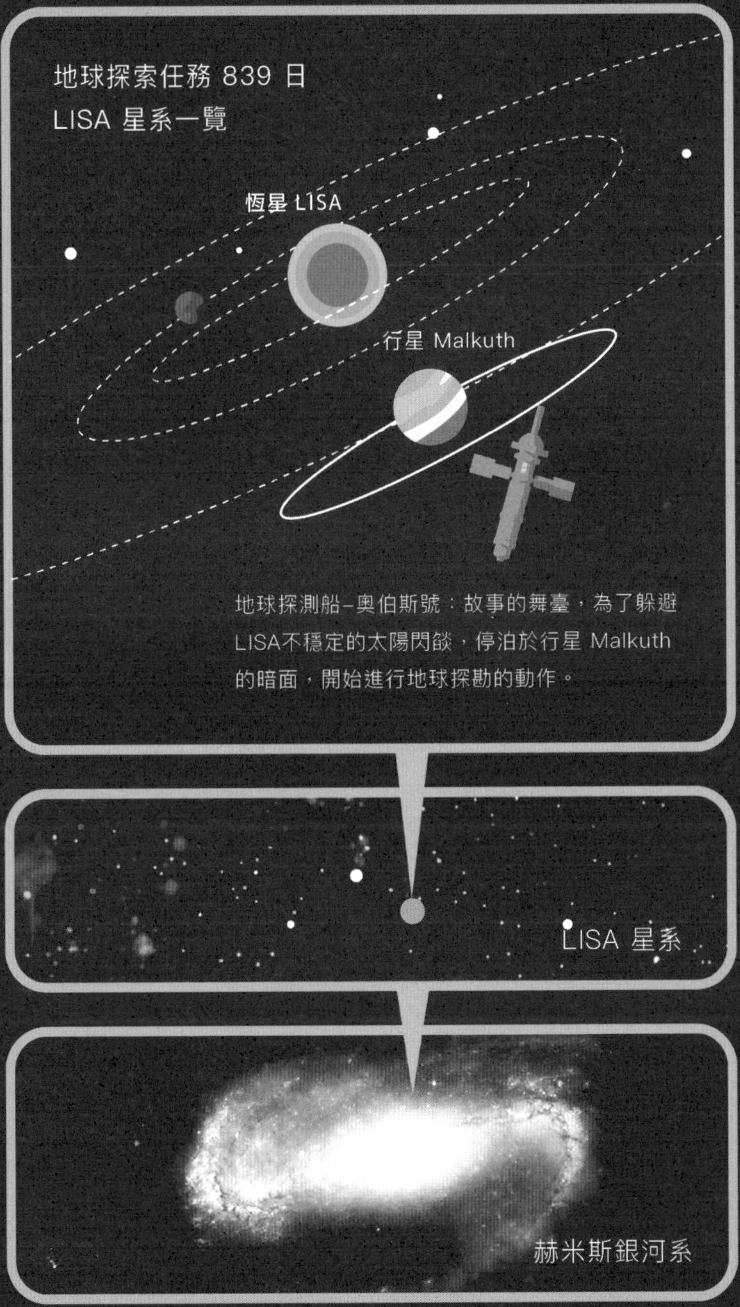
地球探索任務 839 日
LISA 星系一覽
恆星 LISA
行星 Malkuth
地球探測船–奧伯斯號：故事的舞臺，為了躲避LISA不穩定的太陽閃燄，停泊於行星 Malkuth的暗面，開始進行地球探勘的動作。
LISA 星系
赫米斯銀河系

觀測編號 9981

此行星體積龐大，並充斥著不規則逆行軌道的的衛星，極度危險。

地球相似度 38.00%

半徑	12,509	溫度	02℃
質量	23,460	水分	0%

「嗯……終於完整啟動了。」藍色投影吐出柔聲呢喃，先是看了看自己的雙手，然後才將視線移向艾姆身上，她的笑容更加溫暖，問道：「抱歉，剛才處於不完全供電的狀態，所以無法維持形體，只能跟著你的聲音跑……話說回來，一直呼喚著我的人是你嗎？」

「博士！」

「噢，等等，先自我介紹一下，我是奧伯斯泛用輔助人工智慧第三型。」藍色投影將手貼在自己胸前，露出完美的笑容。「變成這麼性感的模樣也非我所願，只是這是最接近人格模擬體的形象，還請多多包涵囉。」

艾姆停下動作，腦中的電子訊號立刻做出區隔。原來如此，雖然表面很像，但構成本質完全不同，掃描結果告訴艾姆「這個物體」不是博士。

明明這麼相像，卻不是同一個人嗎……？

「所以妳是什麼？第三型是什麼？性感又是什麼？」儘管失望，艾姆依然本能地發出疑問。

而投影則是癟起嘴，表情像是在研究眼前的小機器人。「嗯……我懂了，你的人格設定跟我落差很大，甚至連基本知識都未能完整構成。」她先是對自己的結論感到驚訝，但又馬上恢復笑容，「不過這不重要，可愛的鐵罐頭，只要你先回答我——」

「我叫艾姆，不叫鐵罐頭！」

「好好，小心液壓會升高。艾姆，可以幫我一個忙嗎？你知道OP1414機器人在哪裡嗎？」

「就是艾姆啊，OP1414是艾姆的辨識編號。」他怒氣沖沖地回。

「什麼？等等——」第三型還未說完，她的身體便散發出白亮的光芒，某道平板的聲音從體內響起。

「——接收訊息，強制執行指令編號23**：**

泛用輔助人工智慧進行身分驗證中

確認對象：OP1414 - Emeth**（艾姆）**

系統擁有者寫入完畢。」

當主控臺的聲音隨著亮光消失之後，她回過神來，伸手扶著額頭，表情震驚，一副站不穩身子的暈眩模樣。「老天，系統也覆寫得太快了！原來你就是OP1414？」

「第三型不相信艾姆？」艾姆不悅地瞇起雙眼。

「不不……怎麼會呢？我只是對事情開始順利感到開心罷了，恭喜，艾姆！我是來幫助你的！」第三型拍拍胸脯，露出燦爛的笑容。「我的使命是協助你完成任務，還有，艾姆叫我麗莎博士就可以了。我的人格繼承了許多麗莎・亞當斯的相關知識，肯定會派上用場。」

「妳說什麼？」他嚇了一跳。

「我說，我有許多知識繼承，任何問題都難不倒我，你想知道什麼……」

艾姆搖搖頭。「妳的名字不是麗莎博士。妳不是博士。」

那句話讓藍色投影沉默起來，只發出一陣雜訊般的小小聲音。

「那是我記憶體傳承下來的唯一形象，不喜歡嗎？」她小心翼翼地確認。

「跟這無關，妳不是博士。我無法那樣稱呼妳。」

她發出一記沉吟，接著從凝重的表情轉為不懷好意的笑容：「這樣啊，那我只好拷貝你的人格了，鐵罐頭……」

「奧伯斯，可以關掉泛用輔助人工智慧嗎？」

「啊！不不、不！艾姆！」

「——OP1414 的權限不足以進行此操作。」

控制臺冷靜回應，與第三型的驚呼聲形成強烈對比。

「奧伯斯，真的不行嗎？」艾姆不死心地追問。

「不行不行不行！」

「——OP1414的權限不足以進行此操作。」

「……嚇死我了。」意識到自己沒有被關閉，第三型大嘆一口氣，彎身無力地貼在主控臺螢幕上。那反應與口吻的確跟博士有幾分相似。「聽著，艾姆，我是真心想幫助你，說說看，你現在的任務內容是什麼？」

艾姆沉默了一會兒，才勉強點點頭。

「看來妳不是『壞蛋』，經過艾姆的分析，妳對博士的生命威脅性小於1.59%。所以不用理會妳。」他不理會第三型的反應，繼續說道：「總之，艾姆的任務是找地球，但艾姆不需要妳幫忙。」

她微笑闔眼。並不是1.59%，而是0%。雖然想這樣反駁，但第三型可沒時間與他計較太多，體內直接啟動電磁發出低沉的嗡嗡聲，身邊陸續冒出浮空的小型螢幕畫面。「地球是嗎？好的，我馬上開啟資料庫，搜索『地球計畫』的相關資料……」

「不用妳幫忙，這是艾姆的任務！」

「——銀河第二象限分析完成，新增於行星掃描清單。」

電源供給率已達30%，開始啟動象限探測器。」

主控臺忽然發出一道訊息，艾姆驚訝地抬頭看去。

「第二象限分析完成？這就代表……」

「是呀，艾姆知道嗎？」第三型一邊搜尋，一邊來到艾姆身旁插話。「所謂的銀河象限，就是以恆星LISA為中心，將銀河系劃分為四塊象限，用來定位與——」

「剛剛那段是在模擬博士以前解說時的內容吧？」艾姆輕哼一聲，不理會第三型尷尬的停頓，直接來到螢幕前輕輕操作儀表板。「艾姆知道銀河象限是什麼，第二象限分析完成，表示艾姆可以尋找範圍更廣的目標行星，妳不用解釋。」

「這樣啊，那艾姆知道用望遠鏡尋找地球的方式嗎？」第三型笑吟吟地看著螢幕，在艾姆身旁無聲踱步。

「不要瞧不起艾姆唷！」他這次似乎真的生氣了，「直接攝影法、凌日法、天體測量……我都已經跟博士學過了！」

「那聽聽看我的意見如何？」

「我只聽博士的話。」

「但我不就是博士的外貌嗎？」她驕傲地比向自己。

「艾姆說第三型是第三型，博士是博士！」

第三型的笑容微斂，首次露出煩惱的模樣。「唉，算了，艾姆，你真的很在乎博士。」

「對！艾姆也很想找到博士，但現在是艾姆被指定工作的時間，如果不快點選定下一個搜索目標，艾姆無法休息！」

看著眼前小機器人又蹦又跳的抗議動作，第三型伸手捧著臉頰，不明顯地嘆了口氣。「好好，你認真工作吧，我不吵你。」然後她露出一抹苦澀的微笑，轉身來到離艾姆稍遠的位置，輕輕倚在牆邊，雙手隨興插進長袍口袋內。「真是的，偏偏是幼兒型人格，這也是『我』自找麻煩的惡趣味吧。」

她看了看艾姆認真工作的背影，再轉頭看向地面通道，即使她的出現鬧出這麼大風波，通道內卻沒有絲毫動靜，也沒有任何前來察看動靜的人影。

她抓抓原本就有些凌亂的頭髮，自嘲似的吐出嘆息。

「……唉呀，只希望一切順利。」

焦急與煩躁的情緒讓艾姆在看見結果後更加失望。

當他終於選定目標，十數小時的等待過去，螢幕分析出來的結果僅僅與地球符合度41％。這次直接憑照相結果便能判斷，連再費時觀察的必要也沒有。他直接甩頭不去看細節分析結果，匆匆訂了個流水號命名便結束這次的搜索。

「嗯，這顆行星也不是地球……」

他離開螢幕，來到窗邊享受小段時光的休息，窗外的星辰不斷變幻，前天還能看見好幾顆亮眼的行星連成一線，現在則是稀疏的星球散落於黑暗中，像是偶爾沾上黑色衣料的毛球。除此之外，艾姆也能看見太空船正在繞行的星球，有時則是看見恆星 **LISA** 在相同的位置閃耀，只要固定花點時間站在窗邊，他每天都能見到不同的宇宙風景。

而每次只要站在這裡，他就能對尋找地球的念頭更加堅定。

就在艾姆休息夠了，正以為第三型已經自討無趣，離開主控室閒晃的同時，他一轉身，卻看見第三型已經出現在他身後露出微笑，彷彿期待已久的模樣。

——真是纏人。這是他電子腦中難得浮現的念頭。

「艾姆，艾姆，你終於忙完啦？要不要聊聊？」

「艾姆在想事情。」

「我也最喜歡想事情了，讓我想想看……喔，你在想為什麼自己找不到地球，對不對？」

他突然很希望自己能學學真誠的表情。到底要怎麼像真誠一樣，輕鬆表現出討厭對方的臉呢？

「艾姆不想聽。」他緩緩離開位置。

「真可惜，原本想告訴你一個更快找到地球的方法呢。」

「艾姆不……」他停下聲音，驚訝地回頭。「第三型，妳有辦法？」

看見那驟變的態度，藍色投影先是輕嘆著氣，接著雙手扠腰，揚起自信十足的燦爛笑容。

她來到艾姆身旁，那樣子看起來像博士在走路，實際上，她卻是用閃現的方式移動到指定位置，那感覺就好像省略了走動的過程，卻也特別嚇人，因為艾姆總是無法預期她會出現在哪裡。

「到控制臺這裡來吧。」投影閃爍了一下，將垂落的髮絲勾到耳後。這點也很像博士。

艾姆回到螢幕前，只見第三型笑容不再，眉頭嚴肅地擠起，她伸出雙手，與掌心隔著小段距離的地方冒出投影螢幕，分解成細碎的分子在掌心流動，重新組成新的投影畫面。

這次艾姆認出來了，那是奧伯斯控制臺的資料畫面，另一端不時浮出數道影像或資料，然後又消失在空中。艾姆再看向控制臺，果然畫面和第三型投影出來的一樣，看起來就像是在進行資料連線傳輸。

他愣愣地看著第三型與主控臺進行連線——那模樣與坐在研究室裡的博士相同，當博士專注在研究結果上時，也是帶著那副表情，彷彿與自己對話之外，再也容不下外界的任何動靜——艾姆不喜歡那種被排除在外的感覺，卻也覺得那樣的博士很耀眼。

因為那就像是她在凝視前方的某樣事物，而那是艾姆還看不見的。

「——連結完成，新增行星掃描演算法成功。」

聽見主控臺的廣播，他連忙搖搖頭，努力不讓自己看得呆了。

「妳在做什麼！不要弄壞博士的望遠鏡喔！」

「喂，沒禮貌的孩子，看看你的螢幕？」她撇撇嘴角，比了比螢幕上的準心，「試著移動準心，這套演算法能快速幫你刪除不必要的資訊，優先警示可疑的行星。來嘛，試試看？」

艾姆發出沉吟，才乖乖坐回椅子上操作。他朝下一個區域移動，螢幕立刻進行分析，從無數光點中列出好幾個可觀察清單，經過艾姆計算，搜索的效率最高可提升到224%。雖然他很不想承認，但比起之前的做法，這套演算法確實快速多了。

「……有幫助。」這下艾姆也不得不承認。「泛用第三型，有幫助到艾姆。」

「只有累積夠多資料才做得出這套演算法，這是麗莎博士一直以來努力的目標，也是我的目標。如何，這樣能承認我的身分了吧？」

「不行，第三型。」

「鐵罐頭。」

「艾姆不叫鐵罐頭！」

「我也不叫第三型。」藍色人影拍拍胸口，氣勢昂揚地大聲說道：「第三型只是我的舊代號，如今繼承博士人格的我，也有自己真正的名字！如果覺得我叫你鐵罐頭不禮貌，那麼，艾姆也應該喊出我真正的名字才對。」

艾姆眨眨眼，開始不知所措起來，「這——」

「叫麗莎。」她得逞地笑了。「你既然都稱呼麗莎為博士，那就稱呼我麗莎吧。如何？」

「……麗……麗莎。」艾姆腦袋亂轟轟的，似乎在努力說服自己。「好吧，不叫妳博士，叫麗莎。麗莎可以。」

「那麼，艾姆是不是該感謝麗莎的幫忙？」她忽然笑得好甜。

「嗯。謝謝妳，麗莎。」或許是終於找到一個可接受的平衡，艾姆的態度也顯得釋懷許多，連道謝起來也變得坦率。

「麗莎」溫暖地看著這小機器人，頓時有股衝動讓她很想將艾姆摟在懷裡，或是拍拍他的頭做為讚賞。這肯定是來自博士的人格反應，但艾姆能接受嗎？還是會氣得叫她走開？她思索起來，一隻手趁艾姆沒注意的時候，悄然伸出……

「麗莎。」

「啊！嗯？怎麼了？」她縮回手，即使她不曉得自己為何縮手。

「麗莎，妳覺得博士去哪裡了？」
「唔……」
看著那對充滿感情的雙眼，麗莎簡直說不出話來。幼兒型人格竟能發展到這種程度，就連感情的表現也是如此純粹，太奸詐了，艾姆那道充滿思念的聲音，她怎麼可能認不出來？
體內的程式隱隱告訴自己——艾姆的使命與渴望，就是她的使命——完成艾姆的願望是身為第三型的唯一責任。
對艾姆來說，麗莎無法取代博士。他始終無法拋棄「尋找博士」這個念頭。既然這樣，她也只能完成艾姆的願望，因為那就是她的設定。
「很抱歉，我……也不知道。」
「還有，博士曾經告訴我，如果不找到地球，人類就會滅亡。她為什麼這麼想要找到地球呢？」
「咦？這個，不是很顯而易見的答案嗎？」
「艾姆不明白什麼是『滅亡』。」
「啊……原來如此。所謂的滅亡呢，就跟關機了是一樣的道理。」麗莎思索起來，一邊尋找腦中的知識庫。「我說的可不是一般的關機，而是永遠無法再開機的狀態唷。以艾姆來說，你將會再也甦醒不過來，也沒辦法再進行搜索了，任何功能都無法執行。就是這種感覺。」

「全人類都會『關機』？」他微微驚愕地問。

「如果沒有找到修正基因的遺傳因子，我想全體關機也是遲早的事情吧。」她略帶感嘆地微笑。「這是非常悲慘的結果，以存活與延續為目標的生物，都不希望遇到這種絕境的。」

「關機是這麼嚴重的事情嗎……那艾姆的動作必須更快才行！」艾姆若有所思地點點頭，對此更瞭解了些。

「喔？為什麼突然這麼說？」

「因為這是艾姆與博士的約定！」艾姆露出燦爛的笑顏。「如果博士關機，那博士就會『消失』了，艾姆不喜歡這樣。」

「不想再也看不見博士……？」

「是啊，不是這樣嗎？」

她搖搖頭，意味深長地勾起嘴角。「嗯，不，就是這樣沒錯。」

兩人安靜了一會兒。

彷彿經過許久的漫長，主控臺的聲音才終於打破這場沉默。

「——敬告，太陽帆已充電完成。

太空船電壓供給80％，引擎重啟動。開啟實驗室、開啟船體資訊室。」

「是主控電腦的聲音……」麗莎抬起頭來，聽見更明顯的嗡嗡聲響，小小的聲音在房間引起細微的震盪，大概是太空站引擎運作的聲音。在這樣的作業環境下，任何一點聲音所帶來的震動都會為人體帶來影響，麗莎下意識瑟縮了身子，系統內的人格告訴她，她並不喜歡那些多餘的雜音。

「奧伯斯太空船怎麼了嗎？」

「供電幾乎恢復正常了，所以有些房間應該也能恢復正常功能。」

「能去看看嗎？」艾姆興奮地說著：「現在是休息時間，艾姆可以自由行動，或許可以去找博士了！」

麗莎抿了抿脣，然後很快地，她知道自己必須順從艾姆的願望。

「——走吧，艾姆。麗莎陪你。」

艾姆打開地上的通道門，準備再次向下移動。

這座太空船的空間設計方式是一層層隔開的，每個圓形房間都有各自的獨立功能，也只能透過梯子上下攀爬來移動。

對博士與真誠來說，他們可以自由通行每一扇通道門，但艾姆的權限有限，因此也只能在最上面的幾個樓層移動。

一開始，艾姆還在思考麗莎要怎麼移動，但他馬上發現自己是白擔心了。自己才剛抓住梯子扶手，眼前就一道亮光閃現，麗莎瞬間出現在地面上，笑吟吟地等待艾姆開啟下一扇門。

「麗莎，妳不能自己開門嗎？」

「我觸碰不到物體，就算碰了也只會穿過去而已。」她表情無奈，似乎是感到很可惜的模樣。「而且因為我是投影的緣故，只能站在空曠處，沒辦法達到角落或擺滿東西的地方。」

「所以行星研究室不是妳弄亂的？」

「弄亂那些東西幹麼呢？那可是珍貴的資料耶，心疼都來不及了。而且我不是也說過，我像是能觸碰物體的樣子嗎？」

「可是研究室的資料亂成一團……真的跟麗莎沒關係？」

「不，大概是有一段時間太空船失去重力控制，才會……嗯……」

「什麼？」

「嗯、不，沒事，下去吧。」

他們打開通道門，一起來到實驗室內。

在艾姆的印象中，實驗室是他見過最美麗的地方，那裡總是有柔軟的植物、嫩綠的葉片攀爬或懸掛在牆上，或是在玻璃箱裡形成特殊的景觀，跟宇宙的風景比起來，這些由植物構成的小小世界同樣令艾姆著迷。

博士總稱那些植物是實驗體，因為植物的來源太乾淨了，沒有菌類、微生物與足夠的養分，反而使這些植物無法長久存活。

「就像離開地球後的我們一樣，」博士有時會這麼說。「地球上的森林並不是只要有陽光、土地與水就行了，在人類肉眼看不見的地方，菌類與微生物在土壤內形成聯絡網，協助樹木彼此共生，讓整片森林永存下去。」

——生命是複雜的，那些想像得到，以及想像不到的互有關係，都是支撐每一份生命的關鍵。

——一旦失去了那樣的複雜性，植物就會死去。

艾姆愣愣地看著眼前的植物，它們依然緊緊攀附在牆上，但他不確定這些植物算不算「死去」，植物依然保持鮮綠的模樣，但不管是攀附在牆上的蕨，還是種在盆栽裡的灌木，都覆上一層厚厚的冰霜，彷彿時間為了讓它們保持最美麗的一刻，將實驗室凍結，讓這裡就像是度過一場漫長的冬天。

「麗莎！植物都還在！」艾姆無懼這片低溫，大方走進房間四處打量。「電腦沒有鎖起來……是研究的資料嗎？」

第四次基因研究報告（草案）

撰文者：麗莎 亞當斯

如果地球不存在，等於代表人類沒經過自然演化，間接承認人類是基因工程的產物，這是不可能的事情……

「喔？我看看，都凍結了啊……？」

麗莎也環顧四周，她的手往前一伸，正好穿過艾姆的背部。

就在這時，熟悉的奇異感又向艾姆襲擊，陌生的畫面片段直往核心顯現——

植物圍繞四周，綠意之間藏了一張研究桌，博士就坐在那裡。她敲打鍵盤，力道卻沒有以往那樣的溫和。

『妳不能再這樣任性下去了，麗莎！』

連骨髓深處都能感受到憤怒的震動，真誠的聲音好大、好吵。

好重的雜音。好深沉的情緒。

『這不是任性。』

『妳不可能永遠陪著艾——』

那道聲音重擊了艾姆。

「哇啊！」

艾姆抱頭大叫一聲，整個身子撲倒在地上，撞斷了好幾道葉片。

畫面消失了，只留下深深的恐懼。這是誰的記憶？

「艾姆！」麗莎發出驚呼，正想彎身扶起小機器人，卻也只是不斷穿過艾姆的身體。「怎麼回事，你還好嗎？起得來嗎？」

艾姆這才意識到，每當麗莎觸碰到自己的瞬間，資料流就會像是受到刺激，被迫進行局部重置，甚至會讀取到麗莎的資料流，接收到她的內部訊息。

雖然他還不曉得原理，但可以肯定的是，那些奇怪的影像都是來自藍色投影的觸碰。

「麗莎不要碰艾姆！艾姆很好！」他很快地爬起來，雙眼忽然變成倒豎的半圓。

「麗莎，不要再碰艾姆了，艾姆感覺很不舒服！」

「我？」麗莎立刻發現那是艾姆生氣時的表情，顯然不曉得自己造成的影響，她肩膀一縮，臉上擠出討好的傻笑。「唉呀，怎麼突然說這些呢？我應該沒有對你怎樣吧？」

「總之不要碰，讓艾姆專心找博士。」他輕哼一聲，懶得對麗莎解釋，轉頭繼續察看實驗室。

「好好好……愛生氣的罐頭。」

她說得小聲，自討沒趣地不再說話，站在一旁與艾姆保持距離。

這裡跟行星研究室一樣，書面資料匆匆亂擺在桌上，不像是經過整理的樣子，艾姆隨手掀起一本紀錄，是奧伯斯的航行日誌，六百天、七百天、八百天……上頭清楚記錄了博士的筆跡。除了基本的航行狀況之外，其他追記的內容更像是麗莎．亞當斯的心情日記。

『地球任務影像報告，

航行日誌第十六天：

「尋找地球——宛如作夢一般的任務。從來沒想過我會有機會參與這活動……」』

記錄者：麗莎，亞當斯

『地球任務影像報告，

航行日誌第五百天：

「好像忘了很久沒記錄了……」

「有些事情雖然很傻，但總得有人去做，我從來不認為地球是神話。」』

記錄者：麗莎，亞當斯

『地球任務影像報告，

航行日誌第七百天：

「是誰規定一定都要寫航行日誌的。」

「真誠又來催了，自己寫不行嗎？」

「總之，目前還是什麼都沒有找到，但我們一定會順利的」』

記錄者：麗莎，亞當斯

『地球任務影像報告，

航行日誌第八百天：

「跟真誠吵架了，真是沒有決心的傢伙。」』

記錄者：麗莎，亞當斯

這些內容，跟他剛剛看見的奇怪畫面有關嗎？艾姆歪著頭，伸手想找出更多內容，卻找不到八百多天以後的新紀錄，也沒有寫下任何關於停電的理由，反倒是找出一本「艾姆設計筆記」。

「機械人電子迴路 OP1414 校正與調整事項……是博士幫我設定用的筆記？」艾姆幸福地瞇起眼，直到他看見調整筆記最後一頁，娟麗的字跡被大大打叉，另一個粗硬的字跡用力寫下「別花費時間做無關緊要的事」的字眼。

「哎呀，作風還是那麼激烈呢，這傢伙。」藍色投影在身後輕描淡寫地說。

「艾姆討厭真誠！」他用力收起筆記本，隨手丟到桌子一角。

「啊哈哈……」麗莎發出不曉得是開懷抑或感嘆的笑聲，「要去船體資訊室看看嗎？這裡沒看見博士的身影呢。」

「嗯。」艾姆收起怒火，再看了看這個房間一眼，才依依不捨地離開。

他打開地上的通道門，小心往下面一層的船體資訊室前進。他回想腦中的資訊，沒記錯的話，船體資訊室是負責觀察太空船內部的運作狀態，通常真誠在這裡待得最久，最近更是頻繁。艾姆猜想當他下來時，肯定會見到一臉凝重的真誠，或是偶爾會在這裡進行航行報告的麗莎博士，當母星傳送什麼訊息時，他們也會特來這裡處理。

然而船體資訊室此時沒有人影。

巨大的螢幕牆沒有觀眾，在黑暗中空虛地閃爍著亮光，字幕與圖表一排排展開，根據電腦的運算不時變換結果，顯示太空船內的各種狀況，並轉換成只有真誠能讀懂的數值。

艾姆停在門口，那個本該有人使用的椅子，如今卻倒下擋住他的去路。

沙——沙——

他意識一晃，忽然看見博士的白袍在眼前飄動，揚起的金髮正巧遮住她蒼白的臉龐，博士看起來好虛弱，比往常都還要虛弱。她從椅子上倒下，艾姆原以為自己發出驚嚇的呼喊，但那聲音聽來比較像真誠。那一瞬間，博士看起來很像「停電」了。

艾姆衝擊性地看著這駭人畫面，一次又一次。椅子重複倒下，像錄像倒帶後反覆播放。

這種感覺……又來了！又是麗莎體內的資料！

「艾姆？怎麼不前進？」

「妳又亂碰我了，麗莎。」

「我才不是亂碰，是你擋在這裡，害我不小心撞上來！」麗莎搖搖頭，義正詞嚴。「你還好嗎？艾姆？」

「這裡發生過什麼事？」艾姆沒有直接回應，而是安靜推動椅子。他的力氣抬不起這張椅子，頂多只能做到將椅子移開。

「什麼事？應該沒有吧，如果太空船有問題，螢幕上都會顯示紀錄才對。」麗莎抬頭看向螢幕，一邊研究上頭的數值。「嗯，警示燈目前沒響過。但這也是電源重啟後的事情就是了。」

「距離怪怪的。」艾姆說。

「距離？」

艾姆指著螢幕顯示出來的資料。

目前與主恆星 LISA 距離 99597830 KM

恆星狀況：安全

電磁風暴範圍：安全

「99597830 KM……」艾姆喃喃念完螢幕上的分析資訊，又接著說：「奇怪，我們與恆星的距離變近了。太空船是因為這樣才充電的嗎？」

「因為暴露在恆星照得到的部分吧。」麗莎微笑解釋。「太空船是採用太陽帆混合太陽能的設計，所以還是必須定期吸收 LISA 的光。雖然我不確定是什麼原因，但太空船的軌道明顯移動了。你看，這裡寫著光照穩定。」

「所以離開軌道是為了吸收太陽光……嗎？」艾姆沉默下來，他真正想問的，是誰執行了移動的命令。他繼續移動目光，發現研究室不只是主螢幕而已，桌上放了個筆記型電腦、筆記本，以及太空船特殊狀態的應對手冊。

那臺筆電艾姆一眼就認出是真誠的。

他有時會抱著筆電在主控室走來走去。艾姆重新打開筆電，首先映入眼簾的，是那幾封從母星傳來的訊息。

系統尚有三封未讀訊息：
奧伯斯組員，我們研判地球存在的可能性應該極低
奧伯斯組員，第十六次地球探索計畫的預算申請失敗
奧伯斯組員，請盡速於指定日期內返航

艾姆困惑地看著標題，正想打開內容細看，卻發現電腦跳出關機前最後留下的資訊。

「**與奧伯斯引擎連線失敗……**」
「**與奧伯斯引擎連線失敗……**」
「**與奧伯斯引擎連線失敗……**」

相同的內容不斷重複，占滿整個筆電畫面。或許是因為奧伯斯停電過的關係。

但比起筆電，筆記本中的內容更吸引他的注意，他打開筆記本，一如預料地寫滿許多看不懂的內容與數字公式，直到最後一頁空白，艾姆才看見一道清晰的字體寫下公式以外的內容。

「到今天為止，已經旅行超過二十個銀河系統了……如我所料，地球果然不存在。」

真誠的字跡讓兩人沉默下來。

「才不會呢！博士說過地球就在這個銀河系的，我相信博士！」艾姆率先闔上筆記本，讓那句話立刻消失在視線之內。

「沒錯沒錯，艾姆最積極了。」麗莎的表情十分滿意，差點要伸手摸摸他的頭，但她馬上想起艾姆的告誡，只好趕緊縮手。

「但是博士到底在哪裡呢？就算已經到了這裡，也還是沒看見博士……麗莎，妳覺得博士去哪裡了？」

艾姆自顧自張望，目光來到最後的手冊上。

他隨手翻開目錄，停電的緊急處理、太空疾病的緊急處理、幽閉症狀的自我管理……這是博士，還是真誠在看的資料？

「抱歉，我也實在不清楚。但是艾姆別擔心，我肯定會為你想出辦法來的。」

「真的嗎？」

「當然，這可是我誕生的目標呢！」

艾姆眨了眨眼，才訝異地說：「原來麗莎妳也有目標啊。」

「當然啊！實現艾姆的願望，就是我最大的目標。」

「那麼，麗莎就不只是普通的計算機而已了。」他明白地點點頭。

「咦──」

藍色投影頓時閃爍了一下。

「時間到了。」

艾姆不再留戀手中的資料，電子訊號告訴他，已經是該搜索下一個行星的時候。

「走吧，趕緊回去操縱望遠鏡。艾姆最喜歡找行星了，艾姆要找到地球！」

「你很喜歡宇宙呀？」

麗莎緩緩跟在他身後，神情複雜地將房間門關上。

「嗯！艾姆最喜歡博士，博士喜歡宇宙，艾姆也喜歡！」

「那跟喜歡博士一樣，艾姆也喜歡我嗎？」

他們之間陷入短短的沉默。

「我喜歡博士，但麗莎是幫助我的人工智慧，不太一樣。」

「……反正你心中只有博士就對了。」

「嗯！」

「你開心就好，鐵罐頭。」麗莎白了機器人一眼。

「是艾姆啦！」

而麗莎將雙手交疊在身後，她閉上眼，哼哼笑著不作回應。

地球探索任務：1061 日

麗莎・亞當斯從臥房內清醒。

先是一道清亮的A小調吉他聲傳入耳中，她的雙眼才隨著旋律睜開，約翰・史密斯的藍調精選，她想也不想，本能地隨著木吉他在腦中哼起接下來的音符。那是人類少數成功從地球帶過來的古老樂器，每次她在看約翰・史密斯彈奏吉他時，舞臺簡單的一道燈光、一張椅子、一把吉他、一個男人。當他的手在弦間滑動的當下，演奏者臉上的表情就像在訴說，那是人類從地球所能帶過來最美好的事物。

她很少放這張專輯，卻早已將每一段樂譜都熟記起來，因為麗莎・亞當斯很清楚，不管是現在這顆地球，還是那顆還未能找到的地球。音樂能夠讓她明白自己是誰。她是麗莎・亞當斯，她來自地球，而非一個坐上太空船被放逐到宇宙的孤兒。

銀河藍調。她與地球之間的聯繫，全都仰賴這張專輯。

「比起現代的無機音樂，這種古老的旋律永遠更能打動人心。」麗莎・亞當斯喃喃張口，想起那位教會歌手——約翰・史密斯說過的話。那道聲音很細，但她知道肯定有人聽得見。

「喔，就像『悲劇可以洗滌心靈』。」

麗莎完全睜開眼，她看見一杯熱水朝她遞來，還有幾顆藥丸。

「是誰說的？」她眼睛一亮。

「忘了，某個神話時代的人吧。」真誠坐回椅子上翹腿，一邊確認麗莎有乖乖將藥丸吞下。「先關心妳自己的狀況吧，首先，藥快吃完了。而且這幾次用藥下來妳也該注意到，藥物在太空中更容易變質失效，因為**輻射**造成的化學影響。」語氣中悄悄強調輻射兩字。

「真誠……」

「不，妳這次沒有藉口。」他搖搖頭，那強硬的表情麗莎再熟悉不過了。「就算恆星閃焰沒有影響太空船，也依然會有微量的日冕物質拋射，妳不能否認那些放射物質影響了妳。忘記那批最初帶上來的白鼠下場嗎？」

「那是前往第二座銀河系的事情了，現在都探索到快二十幾個了，我記不清楚。」她避重就輕地回答。即使她腦中仍清楚回憶起實驗的結果，以及那批白鼠在經過無數次旅程後，成為太空垃圾的一部分。

「可見妳大腦的神經元已經被宇宙內的放射線影響，產生腦神經損傷現象……」

「真誠！」麗莎顫抖地放下杯子，激動的聲音中掩藏著哀求。「地球就在這裡。我肯定。但我要如何才能說服你信我一次？」

他板起面孔，嚴肅地凝視麗莎。「妳要如何說服一個根本不在乎這種問題的人？聽好，我現在只擔心妳的身體。妳刻意忽視身體警訊的行為簡直令人火大，麗莎·亞當斯。妳真的以為我是笨蛋，對妳一無所知嗎？」

他的聲音聽起來一點也不火大。

麗莎垂下頭，又哭又笑。

「天啊，你確實是。」

「或許吧。」真誠漸漸安靜，盯著兩張床之間的三角窗戶若有所思。「或許。」

「艾姆……呢？」

「大概還在盯著望遠鏡，我不曉得。工作時間快結束了，或許會開始在太空船四處找妳。」真誠愣了愣，才又接著說：「他不會看見妳這副模樣，放心，他不敢進來的。」

麗莎疲憊地點點頭，她擦去眼淚，重新捧起杯子喝水。

她已經習慣了乾淨的樸素床單，習慣那些堆放在床角的擋路書堆，習慣將漂亮的宇宙攝影圖貼在床頭紀念，明天待辦事項的便條紙……她的工作室永遠亂七八糟，但麗莎反而覺得那樣很好，在那些未經整理的凌亂之中，她可以感受到一絲自由，以及自己真正能掌控些什麼的安心感。

但真誠永遠不會這麼想，他的工作區域總是乾淨到空蕩蕩的，就和他這個人一樣。保守、謹慎、容不下任何半點雜質。從以前就是如此，很久以前……那時他是還有著熱情的年紀，而她也樂於被感情約束。

她腦中閃過一些零碎的畫面，難得穿上的洋裝、在高級餐廳大談理論、第一次套上婚戒，以及孩子、預留給孩子的房間規劃和各種對孩子的期望。

但後來什麼也沒有，沒有了孩子，也沒有了未來。等她一回過神，麗莎已經拋下各種身分，從此她的世界只剩下宇宙。洋裝送人了，她再也不去那間餐廳，她搬了家，來到一個人也能舒適居住的新空間，將那裡用論文與書籍逐漸填滿空缺。

不過那都是很久很久以前的事了。

「還要繼續放嗎？」真誠指著那張音樂專輯，似乎不確定該如何將它關掉。「那臺古老的圓盤播放器，真不曉得是誰想出來這種占體積的構造。」

「你不喜歡的話就關掉吧。」

「我又不是那個意思。」

「但你也確實不喜歡這種教會的藍調，不是嗎？」

她見真誠皺起眉頭，卻沒有任何動作，只好無可奈何地嘆了口氣，親手按下音響開關。

沒錯，關掉吧，藍調的旋律與他們一點也不搭調。熱衷於神話時代音樂研究的專輯作者，史密斯也在專訪裡也說過，藍調對神話時代的地球人來說，是一種表達心靈的音樂，是人們在酒館裡互相交流的方式，工人、藝人、流浪者，只要用一把吉他就能彼此理解。但他們兩人好像常常無法如此。他們把摩擦帶上太空船，在房間內震盪，每一根骨頭都為之脆弱。

「我知道妳在不開心，麗莎，但我還是得說完接下來的話。」

「不管你怎麼說，我都不想就這樣返航。」

「問題就在這裡，事情不是由妳決定。」真誠努力壓抑自己的譏諷口氣，試圖讓這一切顯得溫柔。「我們一直在試著避開恆星閃焰，好讓太空船機能不會停擺，所以刻意躲在行星的暗面。」

「我明白，這是你的長項，所以才由你負責移動控制，不是嗎？」

麗莎很清楚他在說什麼。恆星LISA的突發閃光現象會噴發出巨大能量，會引起電磁風暴，說得更簡單一點，就是太空船的電子設備會因此停擺、報廢，無法再使用任何電力。連儲備電力也無法引出，麗莎與真誠會在一瞬間因此而死。不管是死於停電，或是死於那過於巨大的能量造成的化學傷害。

雖然聽起來似乎十分危險，但幸運的是他們距離恆星夠遠，而閃焰噴發出去的方向也不會總是相同。這部分由真誠進行觀測，只要提早追蹤到閃焰的方向，他就有足夠的時間進行閃避。而躲在行星暗面是最簡單的辦法。但是——

「我們在暗面停太久了。」真誠眉頭皺得更深，彷彿要他解釋這麼簡單的道理，是一件很不可置信的事。「太陽帆與太陽能動力都仰賴光照，偏偏閃焰不斷朝這裡過來，我們停留的時間超出預期……拜託，夠了。別搖頭嘆氣，我們都知道，這是無法預期的意外，它偏偏正在發生。」他咬牙指著麗莎・亞當斯。

「真誠，聽我說——」

「我已經聽妳說得太久了，這次不行。太空探索不是妳一個人的事，這是團隊工作。」真誠的聲音再度不留情地打斷。

「地球在上，這就是為什麼只能由我來搜尋行星！一個不相信地球存在的人，根本不該登上太空船，否認我們得到的一切進度。你提到團隊，但你連團隊都稱不上，只是個試圖否定計畫的局外人！」她憤怒地壓低嗓音。

他抿著嘴，好一陣子才說：「我原本相信。」

「是嗎？那你又是什麼時候不相信了？」

「自從我發現妳寧可死在太空船上的時候，我就無法在乎地球的事了。」

麗莎頓時啞然。

當真誠說完那句話的同時，她感覺自己的心涼了半截。

「我……沒有。」

「妳當然會否認，但我就是看得出來。妳工作到渾然忘我，覺得地球觸手可及，所以寧願讓自己燃燒殆盡也不願回頭，我很生氣，但我又能怎麼辦？」

真誠握緊雙拳，微微顫抖起來。

麗莎・亞當斯很久沒看過他那副泫然欲泣的表情，她睜大眼，胸口跟著抽痛，感覺自己像是被甩了一記耳光。

原來如此，她真傻，竟然現在才察覺到真誠真正的想法。

他們已經待在船上太久了，那種與世隔絕的生活不是每個人都能承受得來。麗莎已經很習慣一個人的生活、一個人的研究，但真誠從來就不是這種人。她明明知道。

「真誠。」

她嚥著唾沫，連忙將右手按在他的手上。

幸好，他並沒有表現出反抗或厭惡，而是漸漸放鬆下來。

「抱歉，我果然不擅長說好聽話。」他露出自嘲的苦笑。「我大可自己搭逃生艙走，妳肯定也會叫我這麼做，然後繼續留在這裡研究。但是麗莎，我不能拋下妳不管，也不能任由妳放棄自己的健康。妳只能跟我走。」

「因為我是麗莎．亞當斯？或者這只是你單純的心軟？」她也哀傷地笑了。

「因為我們是團隊。」他撇開目光。「我何嘗不喜歡宇宙？但如果那些知識無法與人聯繫在一起——麗莎，如果我們無法與人聯繫在一起——那這些探索又有何意義？我們究竟是為了誰在追尋地球？妳難道不會害怕忘記這點的自己嗎？」

「這真是太有趣了，真誠。」

麗莎喃喃自語，遺憾地閉上雙眼。

「因為我正是明白這點，才寧可待在這裡，直到最後一刻的。」

目前位於太空船的位置

觀測編號 9987

此行星引力龐大，人體可能無法負荷。

地球相似度 69.00%

半徑	8,169	溫度	30℃
質量	12,006	水分	0%

第三泛用型人工智慧──現在自稱麗莎──趁艾姆忙著搜尋行星的時候，一邊重新瀏覽資料內的檔案與設定，當然也不免回顧了博士留在她體內的記憶，存放的記憶與影片資料越多，麗莎就越能接近博士的真實人格。

另一個原因在於，麗莎也沒有找到博士留下的其他資料，不論是留言或給艾姆的留言。「幫助艾姆」，博士只設定了這個目標，至於她現在人到底在哪，就連麗莎也完全不知情。

即使如此，「幫助艾姆」仍是麗莎被賜予的核心目標，但這與博士本人的目標「找到地球」完全不相同，很可能讓她在進行決策時容易出現歧異。例如，如果哪天艾姆不想找地球了，她該怎麼做……？

「嗯，到底該怎麼呢？」她煩惱地從口袋抽出一枝太空筆，輕輕敲打自己的下顎。

「麗莎、麗莎。」

「艾姆？」她回過神來，看向坐在主控臺前的艾姆，畫面竟然不是望遠鏡影像。

「怎麼了？你在看什麼？」

「我在公開電腦中找到幾筆未讀的通訊，正試著解析出來。」

「我也要看看。」麗莎立刻湊近，看著螢幕上跑出一段訊息字幕。「『地球探索計畫預算已經告罄，地球存在確率已降到 0.3% 以下，太空員請盡速返航』……呃，好負面的資料。」

如果是博士，肯定會無視這則訊息吧。麗莎不安地看著艾姆，只見他沉默了一會兒，然後按下刪除鍵，讓這些訊息一行行消失在垃圾桶中。

「艾姆不要看這種東西。」小機器人輕哼一聲，關掉資料。

「艾姆……沒錯！就是這樣，還是艾姆最好了！」麗莎興奮握拳，恨不得將他擁入懷裡。但那樣不行，艾姆肯定又會氣瘋的。「我們繼續找行星吧，想要找哪顆？我幫你——」

「不必，艾姆休息了。」

「咦？」

麗莎這才視線一轉，落到螢幕上的分析結果。原來如此，在麗莎整理體內資料的同時，艾姆也對幾顆目標行星的資料分析完畢，所以他的任務階段已經結束。

「好厲害，速度越來越快了。」麗莎嘻嘻笑著，伸手做出捲袖的動作。「不然這樣吧，麗莎幫你一起計算軌道，會讓事情更順利唷。」

「麗莎、麗莎！艾姆可以進入博士的臥室嗎？」沒想到艾姆卻是提出完全相反的要求。

「呃、什麼？臥室？」

小機器人露出不太好意思的表情，難得欲言又止。「艾姆突然想到……博士一定是工作累了，所以在臥室休息吧。而且……博士其實有給我進入的權限。」

「那、那你一開始直接進去找她不就好了？」麗莎一愣。

「因為博士特別討厭在睡覺時被打擾，所以艾姆不敢……」

麗莎一翻白眼，她想起來了，人格資料裡的確留下「容易有起床氣」之類的紀錄。別說艾姆，就連真誠也經常為此吃足苦頭。

「艾姆，我保證博士不會罵你的。」麗莎扶著額頭說。雖然她也不敢完全保證就是。

「真的？」

「如果博士真的生氣了，就說是另一個麗莎同意打開的，這樣可以嗎？」

艾姆思考了一下，又很快地搖頭。「不行，麗莎是麗莎，博士是博士，妳們的權限不同。」

……又來了。這個死腦筋罐頭。

「我們都是麗莎博士啊！只是我比較藍、比較透明而已嘛。」

「就是……不一樣啦。」艾姆還是不斷搖頭，臉上明顯寫著失望。

麗莎嘆了口氣，她看得出來艾姆感到十分為難，明明這麼高智能，卻因為有了個性而如此情緒化，真不曉得現實中的小孩子是不是也同樣難哄……

「總之，我知道你心中只有博士。但你不打開臥室的話，終究是見不到博士的。不管怎樣，我都會站在你這邊的，就儘管放手去做，好嗎？」

「嗯、嗯。」艾姆又沉默了一會兒，才在麗莎的催促下點點頭。「奧伯斯，請……請開啟臥室！」

麗莎與真誠的臥室應聲解開通道鎖。

艾姆打開通道，這次他急得直接跳下梯子，在即將落地前開啟浮力，興奮之情明顯流露出來。麗莎緊緊跟在他身旁，一邊想像博士可能會露出怎樣的表情。不管怎麼說，都是博士跟真誠把艾姆留在主控室太久了，別說艾姆，就連麗莎自己也漸漸擔心起來。

她也想見見博士，可以的話，她也希望能補完更多人格資料，讓自己構成更完整的人格。

但如果真的見到博士了，那「麗莎」又該如何定位呢……？

他們停在門前沒有太久，門便因為感應到艾姆而自動開啟，他們同時雀躍地發出笑聲，表情卻也夾雜了緊張感。就當門完全打開、電燈在幾次閃爍之後完全照亮房間的同時，他們的表情化為更複雜的模樣，他們同時發不出聲音，而是眨著雙眼打量這個房間。

圓形的房間打著溫暖柔和的光，兩張素色大床對稱擺在房間兩側，一邊牆上貼滿不同星系的海報，凌亂的床鋪棉被皺成一團，床角則疊滿大量書籍與資料，正好與對側簡潔乾淨、只有幾樣私人物品的床鋪形成好笑的對比。在兩張大床之間，有著共用的電腦桌與三角形窗戶，正好可以在打字時看見外頭的景象。

但除此之外沒有任何人影，沒有其他角落能讓人躲藏，所以博士顯然——

「不在『這裡』呢。」艾姆平靜地說。

「……嗯。」麗莎不明顯地微笑。「找找看有沒有留下訊息吧。」

「中間有一臺電腦。」

「啊，那肯定是用來記錄影像日誌的，艾姆，打開看看。」

「好。」艾姆來到電腦桌前，伸手按下開關，螢幕立刻跳出真誠進行口述報告的臉。

『地球任務影像報告，

航行日誌第一千兩百天：

「任務似乎不太順利，雖然麗莎不想放棄，不過返航的日子近了……」

「恆星狀況不太穩定，還是小心點較好。」』

記錄者：竹內真誠

報告完之後，下一段影片則是換成麗莎博士進行報告，看來這個記錄是兩人輪流執行的。

或許是太久沒有看見真誠與博士的身影，艾姆與麗莎同時屏氣凝神地盯著螢幕，深怕錯過影像任何一秒。前期沒什麼特別進展，甚至很多都是艾姆已經聽聞的訊息，但隨著日期來到後頭，讓人困惑的描述也越來越多。

『地球任務影像報告，

航行日誌第一千兩百二十天：

「遭受恆星閃焰影響，已啟動輔助動力。」』

最後，畫面停在麗莎博士說完這句話的瞬間。

此時螢幕定格，螢幕裡的麗莎博士嘴角微斂，眼神似乎也不是盯著攝影機看，而是向窗外露出若有所思的表情。接著才是一片黑暗。

「恆星閃焰？那是什麼？」艾姆眨眨眼，不肯置信地按著按鍵，但不管他再怎麼操作，都沒辦法跳出更多訊息了。

「艾姆不知道嗎？就是恆星 LISA 散發出來的能量粒子，就像一陣風噴發出去……如果在沒有保護的狀況下被那道風打中，太空船會立刻壞掉的。」

「但是太空船好好的呀，是因為我們成功躲開了吧。」

「啊、嗯……」麗莎緊張起來，她很清楚事情不可能那麼順利。

「那麼就不用擔心了！」艾姆露出笑容，馬上對任務報告影像失去興趣，轉而來到堆滿雜物的大床邊。「這張床一定是博士睡的床，看書本擺放的方式就知道了。」

「你、你說得沒錯。」或許是為了掩飾自己的擔心，麗莎扶著額頭，順著艾姆轉換了話題。「唔啊，沒想到連艾姆也認得出這些壞習慣了……」

「而且上面這些海報都是博士最愛的照片，妳看。」艾姆隨手指著其中一張衛星攝影圖。

「啊，那是馬可夫衛星的掃描圖。當初就是拍下那張照片之後，才決定停泊在這裡的，艾姆知道嗎？如果不是繞著馬可夫，我們也沒辦法跟太陽保持安全的距離觀測。」麗莎的笑容像是有幾分懷念。

「原來有這種事？」艾姆驚訝地看著那張照片，上頭還有三顆小行星的陰影。

「還有這張星雲圖……也是在這個銀河系裡拍攝的，有空的話，我們或許可以找找看照片底下那顆光點的來源。」她伸出手，似乎很想觸摸那幾張照片。「啊，不過現在應該要先找到地球才對。」

「就是說啊。」小機器人視線來到最中央的地球照片。那是唯一一張不是實際拍攝的照片，而是對地球的假想模擬圖，顏料的筆觸細膩又動人，水藍色的部分就和博士的眼睛顏色一樣美麗，讓艾姆忍不住懷疑地球是否真的有那麼壯麗的藍。

麗莎的表情則像是陷入懷念的回憶中。雖然對她來說，這些記憶都像是不久之前灌入的人格，但這個房間可是她第一次踏進來。明明是第一次見到這些東西，她就是忍不住湧上熟悉的錯覺。

「麗莎，妳看，這裡有一本『銀河科學雜誌』。」艾姆晃到書堆前，隨手拿起最上頭的科學雜誌，封面是升空中的奧伯斯，或是其他與奧伯斯同樣型號的太空船。「上面寫著『斥資14兆，團隊堅持化不可能為可能』、『銀河最偉大的旅行，地球是否真的存在？』……當然是真的啊！」他生氣地跳了起來，將那些原本就岌岌可危的搖晃書堆弄垮了。

她輕輕靠近，驚嘆於艾姆攤開的雜誌內容。「真懷念，那是我出發前的照片呢。」

「不是妳，是博士。」艾姆一邊收拾書堆，一邊出聲提醒。

「……是。」

麗莎偷偷瞪了艾姆一眼，然後將目光移到真誠的乾淨床鋪上。他的床頭什麼東西都沒有，只有一罐泥土，以及一張合照，整個擺設看起來空盪盪的。

她碰不到那些東西，只能以指尖輕輕掃過相框。

「麗莎，我還找到博士夾在書裡的藍調專輯，還有一本地球教聖經……妳在看什麼？」艾姆回過神來，才發現麗莎早已不在身旁，而是懸空坐在真誠的床上晃著腳丫。艾姆也走過來，被真誠床頭的照片所吸引。「那是什麼？」

「他跟家人的合照。」

艾姆小心拿起相片，上頭有著一個陌生的美麗女子，以及露出微笑的真誠。那讓艾姆驚訝又困惑地出聲：「這真的是真誠嗎？」

「你認不得啊？」

「因為我從來沒看過真誠會笑。」
「啊哈哈……啊哈哈哈！」麗莎抱著肚子倒在床上，彷彿聽見什麼久違的笑話。
「因為他天生臭臉，而且又很小氣，所以只把笑容留給最重視的人唷。艾姆，看看那罐土吧，上頭寫著什麼？」
她抬起下巴，指向一個手掌大小的玻璃罐。
「土？艾姆第一次看見泥土！」
他拿起那罐裝滿咖啡色固體的玻璃罐，被嚴密地上了封口，封口還綁著一張紙條。
「『來自母星，新堪薩斯州。吾愛，我會一直想著你——給真誠』……是別人給真誠的禮物。」
「就是這樣。那是他與其他人之間的聯繫……」她的聲音輕柔中帶點感嘆。
「之間的聯繫？艾姆不懂。」
他原以為這樣問，麗莎就會像往常一樣對他解釋，可是這次沒有，她完全沉浸在自己的思緒之中，讓原本就半透明的身體變得更加透明，幾乎消失了存在感。艾姆看了看，發現麗莎難得沒有對他多話，也就決定把握這個機會繼續搜索房間。

艾姆安靜地將土放回床頭，轉身找尋其他資料。

他東敲敲、西摸摸，直到按下博士床頭的音響開關，清澈的吉他聲散布在房間內，接下來，麗莎有好一段時間不再說話，表情像是安詳地睡著了。

大概是那段時光太過平靜，讓他們都忽略了來自主控臺的小小訊息。

「——提醒，微波輻射對望遠鏡產生明顯干擾，請盡速處理……」

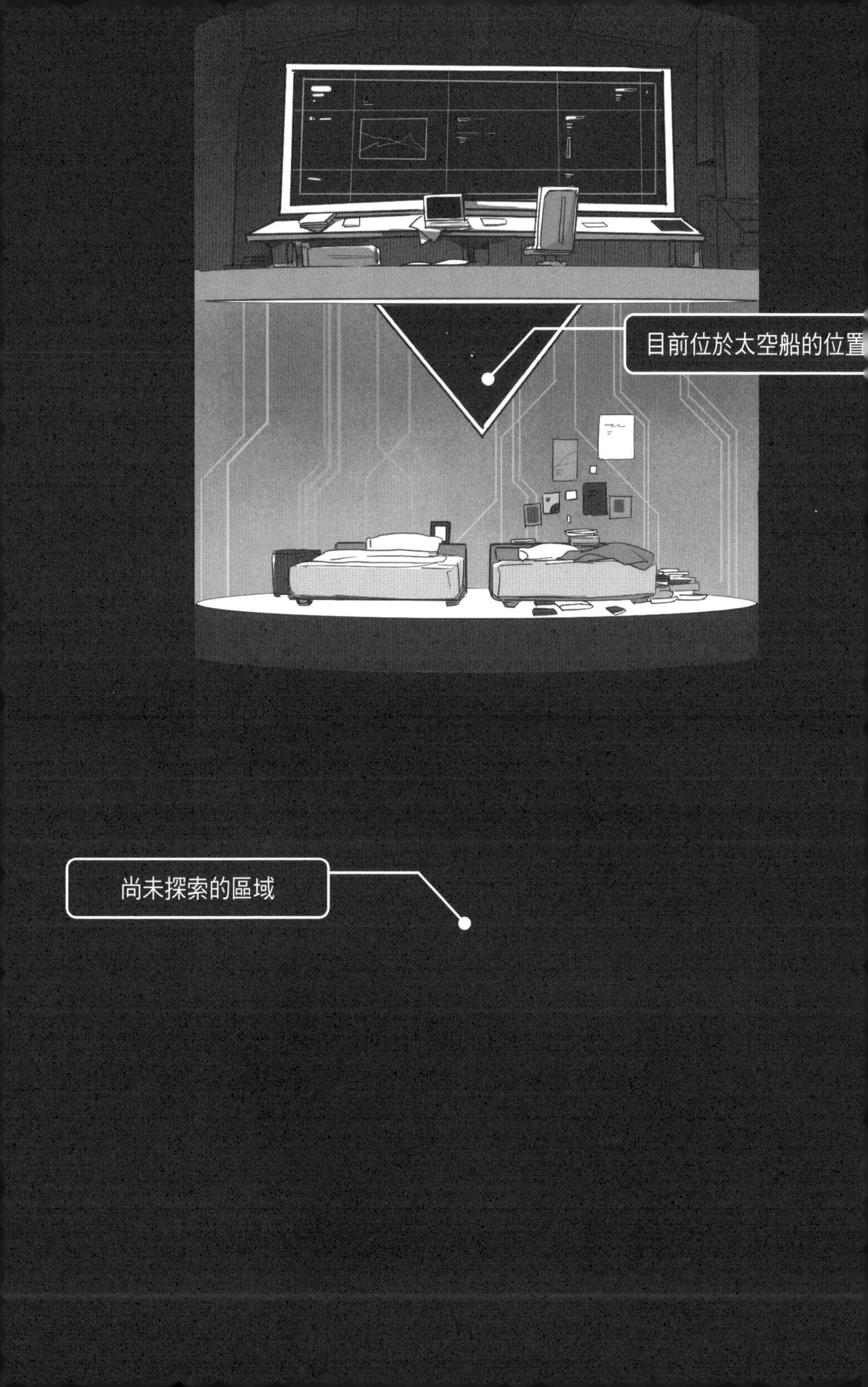
目前位於太空船的位置
尚未探索的區域

#觀測編號 9994

此行星覆蓋豐沛水資源，可能蘊育豐富生態系統，適合人類生存。

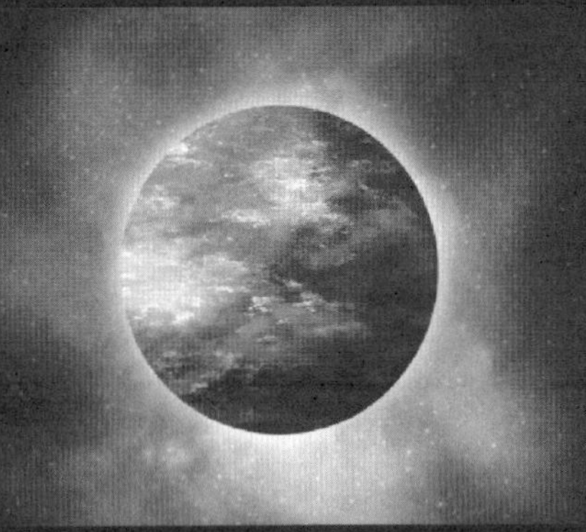

地球相似度 82.00%

半徑	6,621	溫度	-25℃
質量	6,110	水分	73%

「麗莎，麗莎，我的工作時間到了。」

「什麼？唔，好。」

「妳睡著了？」

「才沒睡著咧，我剛剛只是在跟奧伯斯的電腦連線，看能不能找到更多紀錄與影像罷了。」麗莎從床上爬起，臉頰的顏色似乎變深了。她伸手一揮，對著艾姆說：「還有，我剛剛找到一則不完整的影像紀錄，你要一起看嗎？」

小機器人跳起來，激動地靠近麗莎。「要！艾姆想看！」

「好，我看看喔──」

她張開五指，一個電腦螢幕大小的浮空影像投射出來。起初畫面只是些黑底雜訊，忽然冒出真誠的臉，他眉頭緊皺，表情帶著幾分痛苦。就艾姆的印象來看，真誠原本沒有那麼憔悴的。

「……不好，電壓不穩嗎……」

畫面閃爍著雪花般的雜訊，過了好一陣子，才繼續冒出真誠的聲音。

「鐵罐頭……嘖。艾姆，我希望你在聽。」

他輕咳一聲，才重新擺出正式的表情，表示接下來說的話極其重要。

「艾姆，不用擔心我們，專心執行你的任務吧。」

但他只說了這句話，接著便沒了聲音。

沉默的真誠仍張著口，像是想要再說些什麼，但最後還是決定關掉錄影鍵。

當畫面結束之後，麗莎與艾姆都不安地互看了一眼。

「博士呢？沒有後續了嗎？」

「唔唔，看來是沒有。我只拿到這樣的長度。」她重新將影片來回審視了幾遍，然後無奈地聳聳肩。「好啦！打起精神來，他既然都說不用擔心了，那肯定是沒事，對不對？」

「嗯，好吧。」艾姆點點頭，顯然對於只能看見真誠的臉感到不滿。「那我們先回去主控室，艾姆不想拖延到找地球的時間。」

「……沒錯，真是個乖孩子。我們會一起繼續尋找地球，對不對？」

「當然啊！那可是艾姆的目標！」他理所當然地用力點頭。

「沒錯沒錯——艾姆的目標就是我的目標唷。」

麗莎露出微笑，雙手交疊在背後，腳步輕鬆地跟在艾姆身後，水藍色投影的眼神卻有點暗沉，顯露出一絲擔憂。

他們從臥室離開，往上回到艾姆的工作崗位，中間不忘再察看路上有沒有博士的蹤影，當然，依然是一無所獲，讓他們的士氣也低迷起來。當艾姆回到控制臺前，準備繼續進行工作時，立刻對望遠鏡傳送回來的照片感到困惑，那跟艾姆以往看到的星空圖不太一樣，就連色彩也是說不上的詭異。

「咦？之前有這則提醒嗎？」麗莎歪著頭，困惑地看著主控臺螢幕上閃爍的字體。

「微波輻射圖？艾姆沒遇過這種事……這不是艾姆在找的東西。」

「這樣啊，奧伯斯的自主探測也到這個進展了。」麗莎微笑起來，倒是沒被嚇到的模樣。「艾姆，之前因為沒有遇到，所以來不及教你。所謂的微波輻射，就是宇宙發生過大爆炸的證明，並在宇宙殘留下熱輻射反應，而望遠鏡探測到的應該不是實際星系圖，而是微粒與塵埃造成的雜訊。」

「雜訊？」他看著照片，才明白圖片中的熱點並不是實際星體。

「嗯，必須把雜訊前景去掉之後，才能確認實際宇宙的地圖……艾姆，你知道這個宇宙的組成中，總共有73％的暗能量、23％的冷暗物質、只有4％才是一般物質嗎？」

「是這樣嗎？」艾姆眼睛一亮，像是在努力記下這些資訊。

「所以現在要開啟濾鏡，幫助我們過濾掉這些雜訊。而且濾鏡也可以應用在你的地球探索上，讓你可以更容易看見被光芒遮掩的小行星……怎麼樣？是不是又學到東西了？」

「嗯，有學到！」

「那就好，今後我還會繼續教你更多知識的。」麗莎露出溫柔的眼神，然後才打起精神，伸著懶腰看向螢幕。「好啦！在分析新地圖之前，先來打開濾鏡——啊啊！」

「怎麼了，麗莎？」

麗莎忽然像是想起什麼，呆愣在螢幕前不動。「我忘了，濾鏡是博士本人才有的權限。」

「所以我們不能用嗎？」

「唔、這個——」

只見麗莎擺出猶豫的表情，艾姆喪氣地反應：「果然還是要有博士在才行……」

「等等，你可不要小看我。博士辦到的事情，麗莎我也辦得到！」

她鼓起臉頰，帶著豁出去的氣勢閉上雙眼，露出認真集中精神的嚴肅模樣。電子訊息在她身邊流動，散發出更多強烈的光點，同時也發出激烈的電磁聲，電磁廣播出現了系統聲音。

「強行與望遠鏡系統連接中。」麗莎的語調機械的重複：「重新修改濾鏡使用者權限……」

「麗莎，妳做什麼？」艾姆突然緊張起來。

麗莎繼續吐出無起伏的音調：「太空船系統重新設定中……」

艾姆看過一次這個狀態，那是當她試圖跟奧伯斯連線，在程式中新增演算法的時候，不過這次艾姆反而有些擔心起來，不曉得為什麼，他總有股不好的預感。

「——重新設定完成，濾鏡安全鎖解除。」

主控臺響起聲音，艾姆抬頭看了看，再看向麗莎。「那個……」

「看見了吧，艾姆。沒理由博士做得到的事我卻做不到。」麗莎露出得意的燦爛笑容，雖然這麼說的她，影像在空中閃爍了一下，但很快便恢復穩定。「喔，雖然沒有博士那麼方便就是了。」她小聲地自嘲。

「艾姆是不太懂原理，但是麗莎……有對太空船做什麼奇怪的事嗎？」

「既然不懂原理，那我也很難跟你說明過程啦，總之，就當我跟奧伯斯『溝通』了一下。來吧，用用看。如果你想定位較遠的行星位置，把我提供的濾鏡打開，就能將前面較近的星體光芒過濾掉囉。」

「好，我試試吧。」艾姆想了想，才乖乖回到位置上開始工作。但才剛坐穩位置，他又忍不住出聲：「麗莎。」

「麗莎在。有什麼事？」

「博士不在臥室的話，是不是在引擎室呢？」

她露出驚訝的表情，接著輕咳一聲，故作嚴肅地說：「那不是我們進得去的地方。執行任務時要專心致志，不要問多餘的問題，不然我要把濾鏡關掉囉。」

「嗯……」艾姆的聲音顯然不大滿意，但還是勉強同意了麗莎的話。

眼見艾姆終於安分下來，麗莎乾笑著來到主控室角落，忍不住喃喃自語起來。

「真是嚇死我了，艾姆竟然會提出這個問題……」

的確，他們已經一路找了下來，也只剩下引擎室與對接閥還沒探索過，但以麗莎的經驗來看，那兩個區域應該也找不到博士吧。偏偏艾姆的設定、不，個性就是如此，如果再查不出博士的去向，他只會更加執著，甚至無法專心任務在找尋地球上。

要是事情真的發展到最壞的地步，她該怎麼做比較好……？

她苦惱地抓著頭髮，最後決定再和奧伯斯連線一次，試著搜索更多線索，什麼都行。

至少，她一定要知道麗莎．亞當斯究竟發生了什麼事。

地球探索任務：1279 日

麗莎・亞當斯盯著電腦螢幕，她的手微微顫抖，臉色憔悴地看著螢幕上面閃爍的探索結果。除了第一象限的區域之外，其他象限的宇宙地圖還沒分析完畢，她知道不管是自己，還是這艘太空船所剩的時間都不多了。

在經過漫長的爭執與討論之後，做法有兩種。

一是直接放棄奧伯斯號，乘坐逃生艙，用僅存能源將逃生艙送往最近的內銀河系巡邏軌道，等待有人注意到求救訊號。這不是一個聰明的辦法，運氣不好可能要飄流數年才會等到救援，或許可以存活，但麻煩的是艾姆。畢竟他的人格並不符合法律規範，如果就這麼讓艾姆的資料被發現，不僅會面臨銷毀的命運，自己大概也會被送上宇宙法庭吧。

當然，還有第二種做法。倘若預測沒有錯誤，只要讓耗盡能量的奧伯斯脫離停泊的行星軌道，依照計算，在遙遠未來的某一天，船身會接近恆星 LISA 黑子停止活躍的表面附近。如此一來，藉由恆星 LISA 的充足光照，遲早能讓奧伯斯號重新啟動——而探索作業則由艾姆繼續延續。

不管是哪個選擇，都不是她想要的。

因為不論是哪個選擇，她都不可能再參與其中。

艾姆替她帶來莫大的希望，不論是探索的進度、或者是他純真的幼兒人格，總是能讓太空船平日嚴肅的氣氛輕鬆許多，她原以為這樣的決定可以讓奧伯斯帶來改變，但結果只是換來另一道抉擇的難題。

「博士！博士！」

她抬起頭來，努力擠出燦爛的笑容。「艾姆？怎麼了？」

「艾姆分析完 **Emeth-86** 的資料了，38.8%。」艾姆垂下頭來，似乎有些慚愧。「怎麼辦，這顆也不是地球……博士會不會生氣？」

「傻艾姆，哪有可能一下子就找到的？放心，我不會怪你。」麗莎噗嗤一聲笑了出來，彎身伸手抱住艾姆。「我已經找了幾千顆了，也沒有人怪我呀。科學探索就是這樣，要勇於失敗才能前進喔！」

「那艾姆可以繼續找地球嗎？」

「當然可以。」她偏著頭微笑，若有所思地問：「艾姆，你喜歡找地球嗎？」

「最喜歡了！艾姆喜歡博士，也喜歡地球！」

「就算可能會一直失敗？」

「艾姆不會失敗！艾姆會努力！」他激動地說。

「這樣啊……那……」

——就算她不在身邊了，艾姆也會繼續尋找地球嗎？

……不。她實在問不出口。

這個問題實在太殘酷了，光是想著這件事都能讓她心碎。

「博士？怎麼了？」

「嗯、不，沒什麼。艾姆，跟你說一個故事吧。」她搖搖頭，決定轉到另一個話題。「你知道 LISA 恆星本來的名字是什麼嗎？」

他沉默了一會兒，大概是在搜尋資料庫的記憶。

「艾姆不知道，是什麼？」

「就叫作……」

她一邊說出答案，一邊將艾姆摟得更緊。

——她什麼也不想管了，將那些太空船的麻煩拋到腦後吧，她只想好好把握眼前這一刻。有人與她一起凝望這片宇宙的這一刻。

麗莎說了很多很多，直到艾姆的工作時間到了為止，她讓艾姆繼續回到望遠鏡前工作，自己則悄悄離開，來到船體資訊室內。沒想到的是，真誠似乎剛從引擎室脫下太空衣回來，已經坐在他的位置上觀察儀表板。她靜靜爬下梯子。

「我曾經聽過一個論述，說有些人會怕海，是因為他們知道人類無法在海裡生存。」真誠突然開口，而雙眼仍盯著自己的筆電不放。「現在想想，那我們為何卻沒有懼怕宇宙的理由？」

怎麼可能不懼怕？有太多理由了，光是某顆發光的天體、某顆路徑詭異的行星，還有星球之間的黑暗空洞，宇宙的存在本身就是恐懼的真實樣貌，未知的事情越多，人內心的不安就越加深刻。

就算這樣，天空仍然讓人們趨之若鶩。

即使沒有重力、沒有聲音、沒有空氣、充斥著的只有各種塵埃、射線與暗能量，太空人可以因為各種想不到的理由死在宇宙裡，而且沒有人能前來弔唁。

「就是因為懼怕才需要理解。」麗莎也坐穩在自己的位置上，微笑起來。「如果不試著理解，我們就永遠只能活在自己打造的箱庭裡，既無法成長、也無法進化。看看我們，不正是舊人類進化的證明嗎？」

真誠輕哼一聲，雙手安靜地敲打鍵盤。

房間只剩下寂靜的聲音。麗莎不再管他，自己也打開眼前的電腦螢幕，為航行進度進行例行報告。沒想到她才剛按下錄影鍵，真誠忽然又開口說話。

「妳根本不該把艾姆設計成幼兒型人格。」

「如果你繼續保持安靜該有多好，真誠？」她雙手一攤，不客氣地回嗆。反正她也不管現在是否有在錄影，等等再刪掉檔案就行了。

「那才是妳無法回家的原因，對吧。妳不該把自己遲來的母愛投射到他身上，艾姆只是工具，妳早已忘記這點了。聽好，如果妳真的熱愛宇宙，真的在乎人類的延續，那就更該放艾姆繼續搜索下去，才是最有效率的決定。」

「少說幾句好嗎？」

「我只是誠實。」

「是啊，你以為你很誠實，但那只不過是憤世嫉俗罷了。」她氣惱地埋怨。

「我明明說得有理，妳的反應證明我是對的。」

才不是這樣，你只是喜歡說贏人的感覺。麗莎暗自想著，懶得再出聲與他計較。她確實對艾姆投入過多的寵溺，但對這世界的愛也是真切而實在的。

還記得當他們第一次升到空中的時候，他們看著自己的母星越來越小，城市變成縮影，化成閃爍的無數光點，最後再變成一顆發亮的小球，麗莎頓時熱淚盈眶，某種激動的情緒在胸口迴響。並不是驕傲、得意或是對未來的期待。

而是因為她感到渺小。

感覺到自己的渺小，以及母星的渺小。她眼裡看見的不再只是家鄉的景色，不是那些林立的高樓與街道，或是鄰居與友人的臉龐，她總是仰頭。現在，她能清楚看見整顆星球、還有那些生命在地表流動爬行的美麗痕跡，而這些事物竟然一直存在於她腳下，只要蹬離地表就能輕易看見。

麗莎．亞當斯的自我在那瞬間消失了，她被那股龐大而活躍的生命重新塑造成人，內心只剩下將其延續的使命感，任何在地上的爭執與糾紛，或是曾經困擾過她的感情傷痕，在宇宙中顯得微不足道。

唯一需要專注的事情就只有一個，那就是為了人類，她必須付諸行動。既不能停下腳步，也不能回頭。

「我要留下。」她平靜地說。「只有艾姆一個人的話，是不可能獨自操作整艘太空船的。至少在有限的時間內，我還能夠把剩下的知識傳授給他，所以……」

「麗莎，看看這個。」真誠冷漠打斷她的聲音。

「嘿，你有在聽我講話嗎？」她錯愕地抬頭。

「當然，我又不是聾了。」他聳聳肩，將筆電轉向麗莎的方向，讓她能清楚看見螢幕裡的畫面。「但不管妳要講什麼廢話，都等妳看完這個再告訴我。」

「你——」麗莎的抱怨正要開始，筆電上的畫面卻讓她屏住呼吸。

「……這東西是不合法的。」許久，她才聲音沙啞地勉強開口。

「妳不是說這裡是外銀河嗎？」他露出久違的微笑。「關於這方面的法律，我可沒有妳記得那麼清楚。」

「天啊，真誠。」她低下頭，心中沒來由地湧出一股暖流，真誠總是這樣，才讓麗莎無法真心討厭他。

因為螢幕裡閃爍著藍色的、微笑的、充滿自信的她——泛用第三型人工智慧。

麗莎．亞當斯勾起嘴角，她想開口說些什麼，卻發現自己發不出聲音來。

突然間，她感到一陣強烈的暈眩。

這股暈眩感來得又快又急，她整個人措手不及，太空船好像猛烈地轉動起來，將她整個人甩了出去。不，不對，旋轉的只有她。她倒了下來，而且還在繼續往下倒。不斷往下倒。

她怎麼了？發生了什麼事？她的身體要去哪裡？

「——麗莎！」

真誠的聲音聽起來好近，好刺耳，然後又變得好遠，在耳廓不斷盤旋，她好想出聲，卻只能吐出無聲的吐息。這是什麼感覺，是純粹的死亡嗎？還是——人類在進行征服之前必然付出的代價？

她還未能釐清這點，意識便離開了太空船，飄流在無盡的黑暗之中。

藍色投影睜開雙眼，然後她看著自己的雙手，茫茫然說不出話。

她重新瀏覽一遍太空船的所有資料，但還是找不到麗莎博士的結局。

沒有影片、沒有聲音檔案，甚至沒有任何文件紀錄。

是他們刻意隱瞞的？還是真的因為停電導致太空船的資料損毀？又或者——因為第三型繼承了麗莎・亞當斯的人格，第三型已經取代了真正的麗莎，所以真相已不再重要了？她不知道答案是哪一個。

如果自己當初沒有多嘴，讓艾姆意識到人工智慧與真人的差異，他或許會將第三型麗莎視為真正的博士，那他們是不是就能夠快樂地探索下去，而不用煩惱那麼多了？他們可以永遠在宇宙流浪，直到時間的盡頭——

但是那樣就能找到地球嗎？

這個充滿不確定的念頭讓麗莎感到毛骨悚然。

「麗莎，艾姆的工作完成了。」艾姆的聲音有些無精打采。

「啊，真的嗎？這次是不是變得更快啦？」麗莎回過神來，立刻回到控制臺旁，看著艾姆分析出來的結果。「54％、70％、84……等等，84％？這是真的嗎？」她不敢置信地看著這些數字，甚至沒想到這些數字竟然來得如此之快。

「麗莎不相信艾姆？」他依然帶著平淡的語氣。

「不、不是，麗莎只是太高興了！這個數字是前所未有的接近！讓我看看——初步預測軌道並不規則，表面溫度也是負數……原來如此，看來是容易被其他行星的引力吸引，因此無法定期接收到足夠的陽光……如果是這樣的話，那它確實不是地球。即使如此，這個數字還是十分珍貴……艾姆！你真的太棒了，簡直不可思議！」

小機器人沒有反應，彷彿這些讚美都不是他最想聽見的話。

「麗莎，妳可以開啟引擎室嗎？」

「當然！等等、不對，不行！你在說什麼？」她笑得正開心，聽見引擎室的字眼後，又立刻嚇得回過神來。「引擎室可是太空船的心臟，而且那裡連我也沒辦法打開權限讓你進入，這個……」

「但艾姆想去找博士，難得找到這麼高的數字，卻沒辦法親口告訴博士，艾姆很難過。」

他垂頭喪氣的模樣，讓麗莎忍不住頭皮發麻。

她實在不想讓艾姆傷心，但該怎麼說才好？該怎麼說才能讓這個孩子不受傷？

麗莎抿脣沉吟起來。

「你無論如何都要進入引擎室？」

「因為妳明明說過，只要博士辦得到的事，妳也辦得到，不是嗎？」

麗莎沉默下來。

她知道艾姆不明白那樣的風險，而且就算說了，他大概也聽不進去。但是她已經入侵一次了，如果奧伯斯的系統因此產生防備，那對麗莎來說只會演變成不利的狀況。她可能會機能受損，甚至……

「麗莎？」艾姆的聲音再度響起。「妳辦得到吧？」

她咬著嘴角，最後，她決定放棄思考所謂的風險。

……也好。

如果能讓艾姆親自看過一次引擎室，或許他就能認清現實了吧。事已至此，想讓他不受到打擊已經不太可能了。她想了想，決定奮力一搏。

她下定決心，來到主控臺前方，做出跟之前連線時一樣的動作。之前只是連線上傳安全的檔案，本來就不至於太困難，但這次不同，她必須反過來奪取奧伯斯的部分控制權，必須做得更謹慎才行。

漸漸地，麗莎身旁出現了藍色電磁訊號，那已經不是普通的資料傳輸行為，而更接近駭客的舉動——太空船的主機漸漸拉長聲響，就像是在回應麗莎的入侵——就當兩邊都同時停下動作的同時，麗莎對艾姆拋出一抹疲累的微笑。

「OP1414 艾姆……」她說：「不管博士和我發生什麼事，都請你專心繼續尋找地球。」

接著，麗莎消失了身影。

「麗莎？怎麼回事！」

看見那道形影不離的藍色投影突然消失，艾姆整個跳了起來，慌張地四處張望。而他還沒看見麗莎的身影，房間內的燈光便暗了幾下，發出電壓不穩的聲響。

「——系統遭受駭客異常攻擊，試圖修復中。」

「駭客……麗莎才不是駭客！麗莎！太空船怎麼了？」

艾姆在忽明忽暗的房間內大喊麗莎的名字，但他只聽見控制臺不斷傳來「系統修復中」的聲音，加深這股緊繃的氣氛。直到整個電力總算恢復穩定，控制臺才終於安靜下來，回復到往常明亮安穩的狀態，艾姆還驚魂未定地看著穹頂，不曉得這段時間內究竟發生了什麼事。

「——泛用輔助人工智慧重啟完畢。」

滋滋滋。熟悉的藍色人影再度出現，這次她站在艾姆後方，像是未回神似的呆滯。

艾姆還愣愣望著，甚至忍不住出聲確認：「妳是麗莎？」

聽見那道聲音，麗莎才像是完全清醒過來，宛如大夢初醒的模樣。她擦著額頭，重重吐出一口寒氣。

「天啊！嚇壞我了，這種事果然不能常做！」

「麗莎剛剛不見了？」

「唉？鐵罐頭，你還會擔心我呀？」她睨了小機器人一眼，口氣還故意酸溜溜的。

艾姆顯然被麗莎的舉動嚇傻了，甚至連被叫成鐵罐頭都無心反駁。「妳剛剛做了什麼？妳入侵奧伯斯了？」

「是的。我只是一個人工智慧，卻為了你連續兩次入侵太空船、修改權限，你都不怕我壞掉嗎？」她聳聳肩，伸手揮了一下，地板上的通道蓋立刻應聲打開，「走吧，我替你解開引擎室的權限了。還不謝謝我？」

「謝、謝謝麗莎！」

「真是的。誰叫你是我存在的唯一目標呢……」

她搖搖頭，臉上藏著一抹無奈的苦笑，艾姆手舞足蹈地鑽進通道，沒能回應麗莎的聲音。

他們順著梯子向下攀爬，一一經過那些圓形房間，最後終於來到臥室，麗莎揮著手，讓地面的通道蓋發出解鎖的聲音。接下來的門一定要保持隨時關緊的狀態，畢竟引擎室再下去就是對接閥了，那裡氧氣濃度極低，不穿太空衣會很麻煩。

艾姆以最快的速度打開通道門，底下黑壓壓一片看不見底，偶爾牆上閃爍著紅光，映出扶梯的模糊輪廓。他抓緊梯子不敢鬆手，這裡的氣氛與上面溫暖的房間實在差太多了。

裸露在外的管線攀爬在牆上，變成凌亂而難以辨別的複雜線條，穿梭在各種大型機器周圍。這讓艾姆想起實驗室裡的藤蔓植物，只是這裡是金屬色的冰冷空間，鮮紅與鮮藍的電線如葉脈交錯分支。

艾姆第一眼就不喜歡這個地方。

當他往下深入一段路後，某道柔和的藍光吸引了他的注意。

那是一面牆上的光圈，座落在引擎室的中心兩側，並向外延伸出去。環狀藍光圈照亮周圍的空間。那顏色雖然與 LISA 恆星不同，卻有著不同的美麗。

「最新型的離子引擎。」麗莎站在遠處出聲說明。「它能將光能轉化成電力，而引擎周圍覆有磁極，在引擎內部形成磁場。別靠太近喔。」

「嗯，好。」艾姆點點頭，不自覺退後幾步，才注意到旁邊的小螢幕上寫著電力轉換的字樣。距離恆星 LISA：99597830 KM，太陽帆轉換效率 76%，供電充足，太陽帆能源持續轉換中。感覺電力沒什麼問題，越來越穩定了。

「博士——艾姆就快要——找到地球——了——喔——！」

艾姆在欄杆旁大喊，一邊慢慢爬著另外的小梯往底層移動。

「你還真有精神啊，心情很好？」麗莎面帶笑容，已經站在底層等著他。

「不是……這裡空間太大了，艾姆想說用大叫的，比較能夠吸引博士注意……」

「……」麗莎抓了抓頭髮，一臉複雜。

等艾姆來到地面後，這裡依然充斥各種線路，並用鐵網柵欄將一些大型機器區隔開來，除了影像報告用的機器外，這裡竟然也零星散落了幾本書籍，以及一臺筆電，顯然是有人在這裡活動過的痕跡。

但是除了投影麗莎站在中央，艾姆依舊看不到其他人影。

「啊，影像、影像報告……」艾姆手足無措地觀察一番後，決定先從自己最熟悉的螢幕看起。他打開電腦，立刻看見最新進度的航行日誌報告，只是螢幕顯示出來的依然是真誠的臉。

『航行日誌第一千兩百六十四天：判斷乘組員麗莎．亞當斯因身體狀況無法錄影，由竹內真誠代為進行。』影片中的真誠清了清喉嚨後，接著說：『由於身處於衛星LISA-10b的黑暗面，依目前軌道位置計算，需要四百年才有完全回復電力供給的機會。錄影到此結束，如果未來有任何人看到這段影片，請幫我把訊息傳下去。謝謝。』

影片停在這個段落便結束了。

「真誠在說什麼？艾姆不懂，為什麼博士沒有出來錄影了？」

緊接著是半晌沉默，就連平常會發表些心得的麗莎也默不作聲。

艾姆感覺自己的思緒開始混亂，他抱著頭發出雜亂無章的呻吟，衝到筆記型電腦面前，卻發現已經無法開機，而旁邊散落著的不是研究書籍，而是逃生手冊。他害怕地打開，發現「太空病的照護與處理」做了摺角記號。

「為什麼要看這種書？」他抬起頭來，繼續放聲大喊：「博士——！博士，妳在哪裡，快出來啊！」

「我相信她會聽見的。」麗莎抿著嘴角。

「博士！博士！」

「艾姆，你先聽我說……還記得博士曾經告訴過你，關於LISA恆星的故事嗎？」

他安靜了一會兒，似乎是試圖讓自己冷靜下來。「艾姆只想要找到博士。」

「如果……我的意思是，如果博士有點事情，暫時離開太空船了呢……？」

「博士才不會丟下艾姆，博士說過，會跟艾姆一起找到地球！」

麗莎嘸著口水，才又乾澀地開口。「我只是想說，就算博士不在，也有麗莎陪你啊？不然你想想嘛，你覺得我為什麼會開機呢？」

「為什麼……妳不是說是要來幫助艾姆的嗎？」艾姆理所當然地感到困惑。

「嗯，沒錯！我會努力幫助艾姆，換句話說，麗莎會永遠陪著你，這樣好嗎？」

艾姆想了想，不假思索地笑著說：「好啊！」

「那、那艾姆不如把我當成——」

「我知道，麗莎會幫我找到博士！因為妳要幫助艾姆！」

麗莎的思考停滯起來。

她必須找到地球，也必須完成艾姆的願望，同時必須成為博士來陪伴艾姆。

身為麗莎的她必須尋找博士，逐漸穩定的博士人格卻不想被艾姆否定。但是——不行，她完全混亂了——她究竟是誰——

「不是的，我的意思……我的意思是……」她雙手顫抖起來，就連顯像都有些雜訊。

「麗莎會幫我吧？」小機器人顯然沒有注意到麗莎的異狀，繼續追問確認。

「對。艾姆……你說得對，麗莎會幫你找到……麗莎博士？」她含糊重複。

「那麼，艾姆有個請求。」

「……好的，艾姆的願望就是我的願望，請說。」

「麗莎，妳既然打得開引擎室，一定也能打開對接閥吧。」

嗶。

她感覺某個部分的思考中斷了。

「艾姆，很遺憾……要我連續三次侵入主機，我一定無法騙過太空船的。」

她雙手環胸，像是要抑止住身體的戰慄。

「但妳不是說過，要幫艾姆實現願望的嗎？」

龐大的憤怒與哀傷壓向她，但那並不完全是針對艾姆的發言，而是她明顯能感受到命運惡意的玩笑。這大概是開機以來，麗莎第一次質疑自己何只是個人工智慧，或者，為什麼她偏偏是拷貝了博士的人格？

「……一定要找到博士嗎？還有麗莎陪你一起完成任務啊？我們可以一起找到地球，這樣不好嗎？」她垂下頭，聲音顫抖。

「艾姆說過了，麗莎是麗莎，博士是博士！」

「艾姆！我老實說吧，雖然只剩下對接閥，但那裡連氧氣含量的濃度都——人類不可能——」

「麗莎認為博士不在那邊。」

「我是要說——」

「麗莎認為博士不在那邊！」艾姆激動地打斷她。

「是因為我會很危險！」她爆發出來，身上的投影也變得閃爍，或是分解成碎片再重組。

如果因為入侵失敗而消失了，就再也沒有人能夠陪伴艾姆了，這是博士的人格最不願意見到的結果。不過，一想到艾姆可能根本不在乎這點，他寧可找尋博士直到最後一刻，而願意犧牲許多事物，這個念頭既讓麗莎感動，也同等地痛苦。

艾姆終於安靜下來，他垂著頭，似乎也意識到可能會有這個結果。

但艾姆也沒有死心。那份沉默就是最鮮明的掙扎。

他們之間無聲許久，麗莎眼神哀傷地掃過這座艙室，才勉強開口：「艾姆，如果你真的堅持……那我會再試一次，試著搶走太空船的控制權。認真回答我，你希望我這麼做嗎？」

小機器人立即抬起頭。

「艾姆希望能見到博士。」

……

這份婉轉的殘酷究竟是跟誰學來的呢。

麗莎苦笑著閉上眼。

「好吧，我明白了。」

她伸出不再顫抖的雙手，在下定決心的同時，她也不需要再猶豫了。如果這就是命運的話，就算要她拋棄「麗莎」這個身分，也要完成艾姆的命令。

「——泛用輔助人工智慧第三型，執行命令。」

她重新睜開雙眼仰望天花板，整個身體發出點點光芒。那冷靜的表情不再像博士，而是第三型最真正的模樣。

她的身體發出滋滋聲響，即使沒有開口，身體依然發出溫柔的聲音。

——系統入侵中，嘗試改寫電子門鎖控制權。

——改寫完畢，開啟對接閥。

艾姆往後退開，發現他們腳下的通道口發出一聲嗶音。那是電子鎖被打開的訊號。

「成功了！」艾姆正想去接著開門，卻發現周圍的光似乎暗淡下來，原本勉強能照亮空間的電燈忽然閃爍不定，而麗莎站在原地不動，也同樣被雜訊干擾了形體。

「等等，艾姆……沙沙……」她的聲音夾帶大量雜音。

廣播喇叭響起主控室的聲音：**「——警告，偵測到不明駭客攻擊。」**

「這次有點……沙……麻煩……」

「——警告，偵測到不明駭客攻擊。」

「麗莎？」艾姆停下動作，愣愣地看著麗莎的身體逐漸閃爍、分解。一道恐怖的意念讓他下意識往麗莎靠去，而她也瞇起雙眼，彷彿十分吃力地伸出手，朝艾姆的方向去。

「我好像遭遇到一點麻煩——這樣的話——我——」

「麗莎？」

她忽然跪了下來，在整個身體消失之前，她張開雙手大力摟住艾姆，但那透明到接近崩解的投影還來不及碰到他身體，指尖只微微掃過他的臉。艾姆看到麗莎露出了笑容，他知道那表情跟博士很像，只是不曉得為何，竟然帶著一股溫柔的悲傷。

「麗莎！」

藍色的投影消失了。

「——無法判斷入侵者，奧伯斯進入S級警戒，開始進行資料封存。」

控制臺在發出宣告之後，整個引擎就像是在響應那道命令般震動起來，所有的亮光頓時應聲消滅，讓引擎室變成比宇宙還要黑暗的空間。

他一動也不動。或者說，此刻的他被眼前的狀況嚇得無法動彈。

艾姆仍睜著眼，看著藍色的投影在半空中飄流，然後像劃過眼前的流星消失了。

麗莎不見了。

世界也變得好黑。

好可怕……

他第一次驚覺，沒有麗莎的太空船，竟然會變得如此可怕。

「——奧伯斯進入強制關機程序。」

「——強制關閉人工智慧供電。」

沙沙沙……

在整艘船都為之震動的聲響中，艾姆在黑暗中停滯思考，直到最後一道聲音像喪鐘般敲響他內心的絕望，宣告他任務的終結。

「望遠鏡關閉程序，啟動……」

目前位於太空船的位置

#觀測編號 9997

此行星充斥不規則逆行軌道的衛星，但是可能蘊育豐富生態系統。

地球相似度 88.00%

半徑	7,232	溫度	05℃
質量	5,968	水分	78%

麗莎觸碰艾姆時的記憶殘片在電子腦中飛馳。

艾姆就這麼忙碌於自己的任務，他背對真誠與麗莎，努力操作螢幕上的掃描準心，試圖移動到某個發亮的光點上，他一心期待地球的出現，以至於當真誠按下艾姆的電源開關時，艾姆甚至還沒反應過來便立刻斷電，身體癱軟倒在真誠懷裡，臉部面板從生動的笑臉變成一片虛無。因為艾姆是機器，所以這段過程才能如此簡單無比，對此，真誠心裡並沒有任何顧慮。

真誠將艾姆安置好後，回頭繼續面無表情地操作螢幕，逐一停止奧伯斯的搜尋動作，好讓電力維持到最低限量的活動。而麗莎·亞當斯就半靠在控制臺旁的牆邊，虛弱地撐著身子，看著這畫面搖頭啜泣。

『這樣就能多少節省一些電力了。只要等到日照充足，艾姆很快就會再啟動，奧伯斯也會繼續回傳資料。』

『真誠……我果然還是……』

『別逞強了，麗莎。求救訊息已經發出去，我馬上就帶妳離開。』

『不要……等等，就算有第三型人工智慧在……艾姆也……』

真誠不理會她的聲音，當所有程序都就定位之後，他大步走向麗莎，緊緊攙住她的肩膀。『已經沒問題了，走吧。』

『不……不要！別扶我！我……想留下來！我還是想……艾姆！』

即使麗莎拚命搖頭，她也沒有絲毫力氣可以抵抗。就算吃下藥錠，她的身體也不見好轉的跡象，或許就像研究結果表示的一樣，在外太空待得越久，藥效流失的速度就越快。如果只是輕微的症狀，只要快點回到地表也能漸漸好轉起來，但麗莎若是再拖下去，很可能再也無法執行太空任務。

『真是的，妳也稍微收斂下吧，搞得我好像在照顧個孩子似的。』真誠無奈地嘆氣，伸手輕輕拍撫麗莎的背。『走吧。別讓第三型把妳這難看的表情記錄下來了。』

『嗚……嗚嗚……』

麗莎．亞當斯倒在他懷裡，只能發出虛弱的嗚咽，而真誠則看著筆電螢幕，為了讓人工智慧完全模仿麗莎．亞當斯的人格，他將所有與麗莎有關的影像資料都傳輸到電腦內，甚至開放讓人工智慧記錄麗莎行動的畫面——當然，那些生病與發作的鏡頭就免了——艾姆肯定不想看見那樣的麗莎．亞當斯。

「——剩下的就拜託了。」

真誠對著螢幕吐出脣語，看著螢幕閃爍最後的波動。

他們打開通道門，開始往下層房間移動，而艾姆靠在牆壁上，他靜靜躺著，不曉得時間流逝了多久，直到奧伯斯電力耗盡，太空船再也沒有任何聲響，星辰的光芒偶爾穿透窗戶，滑過艾姆的臉龐，他依然對這一切變化渾然不覺。

而那就是第三型麗莎最後的記憶。

明明周圍陷入一片黑暗，然而這段記憶讓他看得比以往都還要清楚。

等艾姆回過神時，他的雙手已經自己動了起來，用力打開通道門，闖進對接閥，找尋任何博士經過的痕跡。即使麗莎的記憶再明確不過，艾姆仍試著說服自己必須往下探索。

因為……博士可能還在這裡。

她可能還沒走遠。

艾姆還追得上。

幸好，剛才的斷電並不是持續的，艙內偶爾還是會恢復明亮，只是閃爍的程度與警示燈一樣頻繁，讓艙內瀰漫一股不安的氛圍，甚至不時能透過廣播聽見熟悉的電磁波聲，可能是來自麗莎的意識，但艾姆不敢確定。

這是他第一次來到對接閥，這裡和引擎室同樣無可避免地零亂，除了密密麻麻的管線遍布，還有備用的太空衣、氧氣筒、溫度調節裝置、空調與水循環裝置、各種重要設備庫存等等，用各種能夠節省空間的擺放方式緊貼在一起。

「博士！博士！」

這裡雖然空氣稀薄，艾姆的聲音幾乎傳不出去，但他還是一邊呼喊，一邊沿著梯子爬向底部，期待博士能因為聽見聲音而有所回應。

他喊著喊著，直到踏到地面才驚覺自己已來到底部。艾姆來到底部中央，藉著閃爍的亮光，他能看見地上有一個比通道大好幾倍的向外對接閥，只要一打開那道閥門，艾姆肯定會立刻被拋出外太空的。如果博士他們真的坐上逃生艙，肯定也必須透過這扇閥門離開。

他先繼續觀察周圍，只見一臺筆記型電腦接著電線，座落在對接閥開口的角落，他匆匆打開電腦，上頭沒有太多資料，只有一個程式保持開啟完成的狀態。

「這是誰的電腦？寫著『泛用輔助人工智慧第三型啟動程序完成』……」

第三型……肯定是指麗莎。但為什麼是麗莎？

他茫然地看著螢幕，雙手無法停止敲打鍵盤的動作。

「所以麗莎是博士開啟的？艾姆想知道真相……艾姆想知道……唔！」

然而不管他再怎麼輸入，電腦依舊無法開啟資料。

沒有權限。螢幕反覆顯示這句話。

他這才安靜下來，四周沒有任何人，也沒有任何回應他的聲響，只能感受到艙內微弱的震動。而一旁角落的醫療藥箱吸引了艾姆的注意，他見過那個醫藥箱，博士偶爾會將它提在手中往臥室去，就算被艾姆看見，她也只會露出笑容不作解釋。

他湊近那個醫藥箱，原本在博士手中看起來頗有重量的箱子，如今打開後卻只有空玻璃罐在箱子裡打滾，上頭還貼著一張紙條。

——麗莎，答應我，一天只能一顆。

那也是真誠的字跡。艾姆搖著頭，完全不想思考上面的話是什麼意思。

這情況讓艾姆感到更加慌張，他伸手抓在開口對接閥上，猶豫著要不要啟動開關，沒想到卻看見上面刻著僵硬的字跡。

「怎麼會有字？是誰刻字在奧伯斯船上！」他猛地低頭。

——我沒有選擇，對不起，艾姆。

而在那排小字的下方，同樣刻下真誠的名字，字跡比往常還要急促、潦草。

又是他。

為什麼都是真誠的訊息？博士究竟在哪裡？她竟然沒有留下任何音訊？

「……這是怎麼回事！麗莎？妳在嗎？麗莎！」

艾姆努力大吼，想將聲音傳達出去，然而回應他的只有大量雜訊，以及越降越低的電壓，提醒他太空船隨時會進入停電狀態的事實。艾姆的腦筋一片混亂，他顧不得自己會不會被噴出太空船了，他只想快點打開對接閥，如果博士還在門的另一邊的話——他還趕得上——

他用力敲打操作盤，卻發現畫面文風不動，只寫著「已成功分離逃生艙」的字樣，接著就在閃爍的光芒中暗去，不管他再怎麼按下按鈕，也喚不醒電腦了。

「艾姆無法操作……艾姆無法操作！」

他喃喃重複著，燈光不再閃爍，隨著他的聲音暗淡下來。

「麗莎！奧伯斯要壞掉了嗎？」他煩躁地抬頭朝空中大喊。

沙沙沙……

「麗莎，快回答艾姆！妳再不出現，艾姆就要放棄任務囉！」

這次沒有任何回應。

艾姆忍不住縮了縮身子，但在這股害怕的情緒之後，電子迴路緊接襲來的是強烈的憤怒，他忽然生氣起來，甚至膽敢直視那片黑暗。什麼嘛，這一切到底算什麼！

博士不可能離開！

麗莎也不可能消失！

太空船也不該停止活動的！

真要說這一切為什麼會變成這樣——那肯定是因為艾姆還沒有找到地球的關係——沒錯，只要找到地球就行了，艾姆只要繼續做這件事就行了，那才是他真正要做的。

只要找到地球……只要找到地球！

「沒錯！艾姆一個人也要找到地球！」

他緊緊抓住內心最後一絲希望，發出哭泣般的斷續語音，同時，艾姆不再感到猶豫，而是靠著腳下的磁浮裝置飛向半空中，奮力抓住長梯，以極快的速度向上飛躍攀爬。地球。地球。他要找到地球。艾姆口中反覆默念這句話，激動地不停向上，一一穿越黑暗的引擎室、臥室、資訊室、研究室……一如預料般，每個房間都暗淡下來，偶爾不安地閃爍燈光。

「太空船緊急關機程序進行中：太陽帆轉換系統關閉，資料保存中。」

他爬到一半，聽見主控室又傳來廣播。

「奧伯斯！艾姆還在執行任務，快停止關機程序！」

「指令失敗。OP1414 沒有權限停止關機程序。」

「怎麼這樣……！」

沒想到會被系統拒絕，艾姆只好加速飛躍，兩三下便回到望遠鏡室內，只見主控臺不再明亮，而是發出詭異的滋滋聲響，閃動的螢幕畫面像在黑暗中跳舞，刺目得讓他張不開眼。

所有事物彷彿都在眼前逐漸崩壞，偏離了應有的正軌。

沒想到親身體驗停電的這一刻，竟是如此駭人的畫面。他連忙來到望遠鏡的操作螢幕前，本能地執行搜索動作。連線中，連線中，連線中……快呀！他得解讀新得到的象限地圖、趕緊選定目標、然後進行分析……

「太空船關機程序即將結束。請乘組員盡速進入冬眠裝置。」

控制臺的聲音又打斷了他的思緒。

「麗莎！快叫奧伯斯停止關機！」艾姆不肯鬆手，依然死命地移動準心在行星位置上。然而警告聲並未消失，他煩躁的同時，才想起麗莎已經不在了。

對呀……麗莎確實不見了……

是艾姆逼她消失了……是艾姆造成的……？

一想到這點，艾姆就感覺自己的電子迴路正在瘋狂運轉，發出自己也無法負荷的情緒訊息，與他的邏輯程式互相衝突。他搖著頭，試圖甩掉那些惱人的訊息量，同時發出最後的呼救。

「太空船要壞掉了……博士……麗莎，誰可以幫幫艾姆……？」他混亂地喊著，雙手仍依照程式記憶，本能地操作按鍵。

然而那道脆弱的呼救卻被機器的運作聲輕易掩蓋。

他頓時驚覺自己已經徹底獨自一人。

沒有博士、沒有真誠也沒有麗莎，甚至連地球也——

「不對。」

博士真的丟下了艾姆。

「才沒有，只要找到地球……」

博士已經不在艾姆身邊了。

「不是這樣的！」

只要找到地球。

找到地球。

找找找找找到地地地地球……！

「——分析結果完畢。」

電腦發出短促的提示音，讓艾姆衝突且混亂的訊息量稍稍穩定下來，他立刻專注在解讀圖片與數據上。

「不是這個。」螢幕上開始秀出分析結果，但水分與質與量都明顯不足，剩下的數值艾姆看也不看，他迅速關掉小畫面，立刻將目標轉向下一顆行星。

但不管是螢幕的畫面，或是手中操控的準心，都像是不受控制地舞動起來，跳躍、閃爍、伴隨大量不規律的雜音與雜訊，讓他光是想要瞄準下一顆行星都異常艱難。這是艾姆第一次這麼渴望地球能直接出現在他眼前，他不再享受探索的樂趣了，他已經失去了博士、失去了麗莎，他不想感受連地球也失去的絕望——

「為什麼……這個也不是地球呢……！」他大力一敲控制鈕，在一陣亂碼過後，準心只對到一顆帶著不完整圓形的小行星。「找不到行星的可能。」螢幕秀出這段刺眼的句子。

他想做出表情，卻意識到自己的表情儀表板已經變成一團雜訊。

「警告：OP1414 機體電力低於 20%，進入緊急休眠。」

「不行！」像是呼應主控臺的廣播，艾姆明顯感覺到自己行動力開始下降，就連說話都斷斷續續，雖然雙手依然按在按鈕上不放，卻漸漸沒有多餘的力氣操作它，就連自己的手腳都不受控制地抖動起來。「艾姆還沒……關機！」

他顫抖的手試著讓準心游移，螢幕一下子變成亮綠色，又閃爍亮藍色，畫面偏移了。

準心觸碰不到……不對，是無法觸碰，不管他再怎麼發出訊號，手就是無法動作。

「這樣會……無法完成……約定！」

他的聲音慢了下來，發出連自己都陌生的緩慢音調。

「太空船緊急關機程序完成。」

「還……沒……艾姆，要快一點……！」

他的視線漸漸暗了下來，而控制臺的聲音不留給艾姆半點時間，再次無情地發出宣告。

「相位望遠鏡，關閉。

陀螺儀，關閉。

恆星探測系統，關閉。」

——不要，博士會消失！

艾姆只能在內心大喊，但是他的身體已經完全停了下來，就連想要開口都辦不到。

「OP1414 機體電力不足，緊急休眠倒數中。3、2……」

在緊急休眠的倒數聲中，他在心裡拚命喊著博士與麗莎的名字，他在內心開始認真細數自己的愧疚，期待這些道歉能多少換來她們的原諒。因為不管是博士還是麗莎，他都讓人失望了。如果道歉的話，或許她們就願意回來了吧？周圍的燈光會再次亮起，博士會站在一旁，雙手扠腰，露出拿他沒辦法的苦笑表情。

只要願意承認自己的錯誤，博士總是能笑著諒解的。

就算這次找不到地球也沒關係吧，下次再努力就好……

可是，下次是……什麼時候……？

艾姆好難過……

為什麼……他感受不到……博士了……？

「——**資料備份完畢，進入緊急休眠。**」

艾姆垂下頭，和世界一起進入了沉睡。

好安靜。

好黑。

這裡比宇宙還要廣大、寂寥，艾姆成了黑暗中無盡飄流的一個小點。

他不曉得自己在這裡待了多久，但總覺得有什麼聲音試圖喚醒他，他聽不見聲音，卻能感覺身體因為那道聲音在震動，微微喚醒了艾姆的意識。

「──資料已備份，記憶體重新整理，磁碟空間重新整理。」

這是什麼聲音……彷彿有什麼資料流在重新整理的過程中浮現了。

他該醒來嗎？該回應嗎？

聲音正溫柔地喊著艾姆的名字，聽起來很遙遠，卻又有幾分熟悉。

那個人是──

「艾姆，你知道那顆恆星叫什麼名字嗎？」

麗莎．亞當斯的聲音從黑暗中變得鮮明。

──！

艾姆猛然睜開眼，發現自己正被抱在懷裡，博士的吐息是如此靠近，她身體的溫度、掌心的觸感，還有始終美麗的微笑，這些訊息量完整得像是博士從未離開過。

她伸手將控制室的燈光調暗，好讓他們可以透過窗戶輕易看見外頭的恆星。

恆星像一個明亮的圓盤掛在宇宙中，比任何星體都還要顯眼。博士曾經說過，宇宙接近真空，不像在地表上的空氣會散射陽光，讓整個世界都是亮晃晃的。於是黑暗就是黑暗，光就是光，只有抬頭直視恆星的時候，艾姆才能確實感受到它亮眼的程度。

「EARTH1833，是計畫發現的第一千八百三十三顆恆星。」

他反射性地吐出電子資料內的答案。

「沒錯，同時它也叫做 LISA 恆星。」

「為什麼可以用博士的名字？」他提出之前就好奇的疑問。

「因為博士先發現它的啊！所以，它就是 LISA 了喔。」

博士的笑聲帶著微微得意，口吻中甚至帶著對這顆恆星的親切感。畢竟她比任何人都還要瞭解與熱愛這顆恆星。

「艾姆懂了，所以博士有兩個，一個是星星，一個是博士？」

「不，是同一個喔。」她露出別有深意的微笑。

艾姆先是思考了一會兒，才發現他無法理解這個概念。

「艾姆不懂。」

「嗯……艾姆，人是一種生命很短暫的機械，你現在還不懂……但總有一天，我可能會比你早關機。」

「博士也會關機？」

他訝異地記錄這個資訊。

如果博士關機了，就表示艾姆再也無法感受到她的存在。那一天若是真的到來的話，他該怎麼辦？艾姆嗡嗡想著，卻找不出個辦法來。他瞭解的事實在太少了，他無法應付這個危機。

「正確地說，現在的我雖然會關機，但我的系統會轉移到另外一個 LISA 身上，明白嗎？」

或許像是感受到艾姆的緊張，她勾起笑容，伸出手，指向那顆恆星。

而小機器人也跟著抬頭，試著搞清楚博士的解釋。也就是說，現在抱著自己的麗莎博士會關機，停止一切運作功能，然後在 LISA 恆星上重生？

艾姆雖然把博士的話記錄下來，但這些訊息對艾姆來說仍有些模糊不全，無法完全拆解成可理解的辭彙。

「艾姆懂系統轉移的意思，就像艾姆跟奧伯斯進行檔案備份的時候嗎？」

「對，所以你要記得……如果那一天到來的時候，只要你還記得恆星 LISA 的座標，之後不管到哪裡，只要看得見恆星 LISA 的地方，我就會在那裡陪著你。」

麗莎會變成 LISA……

只要抬頭仰望，就能隨時看見博士。

「所以不管怎麼樣，博士都會跟艾姆一起找地球嗎？」他小心確認。

「是的，就是這樣，我會一直陪著你！」

博士點點頭，抱著艾姆晃呀晃的，讓他像是躺在搖籃之上，溫柔且規律地擺動。

艾姆安心起來，他知道這一切都沒問題了，麗莎博士會變成恆星，用不同的形式照亮他、引領他。忽然間，恆星 LISA 變得不再陌生，也不再只是普通用來定位的星體，在艾姆眼中那顆恆星被賦予了新的意義。

博士一直都在這裡。

她從來就沒有離開過。

而艾姆直到記憶體開始重整之時，才回想起還有這樣一段往事。

這就是當時麗莎人工智慧想提醒艾姆的事嗎？

艾姆激動起來，原來如此，他竟然差點忘了這段回憶，以及博士那番話背後的意義。他體內響起嗡嗡聲，這次他不再感到害怕，而是在記憶的浪潮中伸出手，試圖握住黑暗盡頭的那道光，而光的盡頭是博士的笑臉，又好像是全然的藍色。

他試圖抓住那道笑靨，才發現眼前的景象又變成恆星LISA。

好亮，好熱，世界上的黑暗在一瞬間全被驅逐了。

那就是……

「艾姆！」

博士……？

「真是的！鐵罐頭，你還在躺在地上做什麼？快起來啊！」

這次艾姆確實聽見了聲音，他睜開眼，才發現自己正躺在地上，維持當初他倒下時的姿勢。只是這次太空船不再黑暗，艙內灑滿火紅的亮光，而這片光亮下，所有的電子儀器也因為高速運轉而閃爍著各色光點，發出極大的噪音。

他茫然爬起來，詫異地看著這驟變的景色。

對他來說，上次強迫關機的事情彷彿才隔了幾秒，就像人類進入冷凍狀態一樣，那都是眨眼瞬間的時光。他不明白為什麼奧伯斯一下子從停電狀態，變成如此活躍的運作模式。

但更讓艾姆訝異的，是位於這片紅浪中心的藍色投影。

「博士……」

「我是麗莎，是泛用人工智慧第三型！」麗莎皺著眉頭強調。

然而艾姆還沒反應過來，歪頭追問：「博士……？」

「唔！」麗莎愣了一會兒，但馬上又恢復尷尬的表情。「很好，你終於認為我是博士了，但現在我們有別的麻煩！」

「高溫警告：奧伯斯進入緊急迴避程序。

軌道誤差 83 度，即將墜入恆星 LISA **。」**

他們同時抬起頭，聽見控制臺的警告訊息。

「電壓已達 120%——

相位望遠鏡啟動完畢——

輔助人工智慧啟動完畢。」

「這是怎麼回事？」

艾姆搖晃晃起身，才終於明白艙內為什麼又亮又熱。

恆星的距離已經不再像以前那樣遙遠，而是大到連窗戶都只能裝下 LISA 恆星的一角，近得足以看見恆星表面流動的電漿，以及噴發的熱柱，像一波波眩目的熱浪。

原來恆星並不是純然的發光體，直到這麼靠近它，艾姆才發現它的表面活動如此活躍。

「恆星好大，好熱……我感覺主機的溫度正在升高。」艾姆緊張地說。

「沒辦法，太空船似乎偏離了最初的軌道，才會一直往恆星的方向移動。你會覺得恆星變大，其實只是距離拉近的緣故。」麗莎伸手貼在窗戶上，凝重地皺起眉頭，全身發出不穩定的電流聲。

「那麗莎為什麼會出現？」

「多虧這份高熱，太空船強制把所有電腦從休眠喚醒，我也重新開機……」說到這裡，她突然感嘆地搖頭。「唉，地球在上，我實在不曉得這是不是好事。」

「所以艾姆也起來了。」

他晃晃頭，看著自己的雙手，才發現船體本身似乎在隱隱震動，或者說……飄動？

「艾姆，你還不明白危險性嗎？」

「咦？」

「太空船離恆星 LISA 越近，就越是容易被它的引力拉走，再這樣下去，我們很快就要被這份高溫融化了！」麗莎激動地揮著手，似乎對還沒進入狀況的艾姆感到害怕。

艾姆的程式運作起來，花了點時間分析出可能的情況。雖然詳細的過程並不瞭解，但大多數的分析結果都呈現出「再也沒有辦法找尋地球」，事實上，光是知道這點對艾姆來說便足夠了。

「那怎麼辦……？」

「終於回神啦？你看，多虧恆星 LISA 的高熱，我們現在電壓充足。」

麗莎指著儀表板，似乎已準備就緒的樣子。

「引擎已經完全充能完畢，可以進行高耗能的空間跳躍，只要艾姆說一聲，我們馬上可以脫離這個星域——」

「不行！艾姆還沒有找到地球！」他這才像是大夢初醒，嚇得整個跳了起來。

「艾姆，這次不能聽你的了。我必須保證你的系統安全，這應該才是優先度最高的事情。」麗莎語重心長地嘆了口氣。

「麗莎，恆星 LISA 是不會燒壞我們的，我們很快就會找到地球了！」

她挑起一側眉毛，對艾姆在這種情況下還能如此自信，感到頗為訝異。

「為什麼？」

「因為有麗莎在我身邊！」他露出燦爛的電子笑臉。

「什麼？」她臉微微一熱，沒料到艾姆竟然會這樣回答，一時間無法會意過來。

「銀河第五象限分析完成，新增於行星掃描清單。」

「對喔，因為電壓恢復了，所以奧伯斯還在同時進行掃描……」麗莎聽著控制臺的廣播，再看看艾姆，他已經回到位置前，透過奧伯斯新蒐集到的資料移動望遠鏡。螢幕上的地圖拉出第四象限，來到一個巨大的黑洞附近。

他專注的模樣令麗莎莞爾。

他大概已經明白了吧——博士當時想要告訴他的話——如果不是因為親身體認博士「關機」的事實，艾姆大概永遠都無法理解那段話的意思。

如果是一般人的話，肯定很難想像博士要怎麼在恆星上重生。以物理來說，那的確是不可能發生的事。但對艾姆來說，人格系統本來就是不滅的，只要資料還能轉移，不管今後外型變得如何，博士依然還是博士。

正因為艾姆是機器，他的思維不會受到身軀限制，所以才能理解，並且接受這個論述。

麗莎・亞當斯的靈魂當然並沒有真的去了那裡，但她將自己的精神藉由艾姆成功地轉移到 LISA 恆星上，讓恆星從此象徵了麗莎・亞當斯終其一生追求著地球的「意志」。

麗莎看著自己的雙手，一股微妙的情緒滲入她的體內。

「所以，LISA 恆星是意志，而我則是靈魂嗎……？」

她眼眶一溼，頓時明白了麗莎・亞當斯為什麼會同意真誠製造第三型。

她能不能取代博士本身，已經不再是重點了，她是麗莎・亞當斯，同時也是泛用第三型人工智慧，不管是哪一部分的人格都在告訴自己，要全心全意幫助艾姆。並不是因為優先指令的關係，而是因為她想要這麼做。

「警告：太空船超過標準溫度，請盡速脫離。」

她回過神來，看見艾姆的螢幕準心還在黑洞邊緣的無星域搜尋，一顆湛藍色的星球躍出螢幕，海洋的部分像是美麗的藍色寶石，陸地與大氣雲層也清楚可見。

「那個是——！」

她捧著胸口，投影活躍地閃爍，彷彿心跳加快起來似的。

水分70％、平均溫度16度，質與量與星球大小也幾乎符合，她吸著氣，看見電腦最後分析出來的結果，與真正的地球相似度高達96％。她掩起嘴來，對這從未看過的極高數據感到震撼，但艾姆依然搖搖頭，不夠滿意。

「這顆不是地球。」他說。

「這個……我看看喔……」麗莎回過神來，仔細研究數據上分析的更多結果，的確，雖然大部分的條件都很相似，仍有些許差異，加上從其他顆行星的相對位置來看，似乎並不符合古代人類對地球地理位置的描述。這是最致命的一點，如果這顆與地球相像的行星並非真正的地球，那他們也無法在上面找到古人類的DNA。「你說得對，這顆應該不是地球。」

「還差一點嗎……艾姆覺得就要找到了！麗莎再等等！」

「等、等等什麼？艾姆，我們已經沒時間找下一顆了啊！」

「艾姆要……咦？準心？無法移動？」

他們話才剛說完，望遠鏡就出了狀況，艾姆試著移動準心，卻發現尋找行星的螢幕似乎整個卡住了，準心完全沒有移動的跡象。

「一定是望遠鏡被恆星的高熱影響了，機器無法控制方向。」麗莎這次真的著急起來，不停在原地跺腳。「艾姆，如果再拖下去的話，不管是閃焰過來或是被拉進恆星，我們會真的『死掉』喔！連備份都來不及，存在的證明會完全消失的！」

「LISA 不會傷害艾姆！絕對不會！」他突然跳了起來，衝向控制臺中央，打開通往下層房間的通道口。

「你……要去哪裡？艾姆！」

「去調整望遠鏡！」艾姆的腳步沒有停下，他知道麗莎聽得見，也跟得上。果然，麗莎一個閃爍就來到艾姆身處的實驗室，滿臉憂心地跟著他。

「你不能這樣……太亂來了……停下來吧，艾姆！」或許是因為過度激動，她的影像反而變得有些不安定，參雜了幾聲雜訊。

「艾姆也有專用裝備，別忘記艾姆是泛用機器人，維修或船外作業也能辦到。」艾姆不斷往下、往下、往下。來到昏暗的引擎室，全力運轉的機械震動聲幾乎擋下了麗莎呼喊的聲音。

「艾姆！我只能想辦法替你爭取一點時間，你要給我馬上回來！」

他突然停下爬梯的動作，抬頭看著站在引擎室上方，一臉擔憂的麗莎投影。

「麗莎真的對艾姆很好呢。」他發自內心地說。

「唉，誰叫這是我的目標……」回應的聲音倒是充滿無奈。「艾姆，你記得嗎，內心沒有目標的人工智慧，不過就是臺計算機罷了。」她扯起一抹苦笑。

「……嗯。」

「怎麼了？」她輕輕偏頭。

「——謝謝麗莎！」他突然大喊一聲，接著往下一躍。

「咦？咦？」

麗莎突然被這麼直率地道謝，只能愣愣地看著艾姆來到對接閥的閥門口。她大概也已猜透艾姆七、八成想法。那小機器人是為了自己的目標在行動的，縱使會為了自己的安危而放棄理想，確實是人類會做的選擇，這樣的思考模式，就連人工智慧也已能夠辦到。但如果跨越了那道障礙，努力且專注地實現自己的目標的話，就算生命走到盡頭，他就將不再只是個普通的機器了。

所以艾姆必須拚命到最後一刻……

為了能夠真正地「活著」。

「艾姆必須……找到地球！」

小機器人重複著這句話，像是在說服麗莎，也是在說服自己。

他必須找到，也肯定找得到，因為他內心有股強烈的預感，驅使他拋棄恐懼、拋棄思考，只能一個勁地追逐那道念頭前進。那個念頭肯定是來自電子腦的邏輯迴路之外，更無法用常理分析的東西。奇妙的是，艾姆願意相信那種感覺。

他停在對接閥處，打開其中一道閒置已久的櫃子，裡頭是他專屬的艙外作業用太空衣。雪白的太空衣散發出陌生的光澤，他從來沒有穿過，但電子系統內建的知識，讓他就像是看見老朋友一樣親切。

他伸出手，抓起那股發亮的念頭。也因此更加堅定起來。

艾姆——準備離開這座孕育他的太空艙。

#觀測編號 9999

此行星覆蓋豐沛水資源，並擁有豐富的大氣層，適合人類生存。

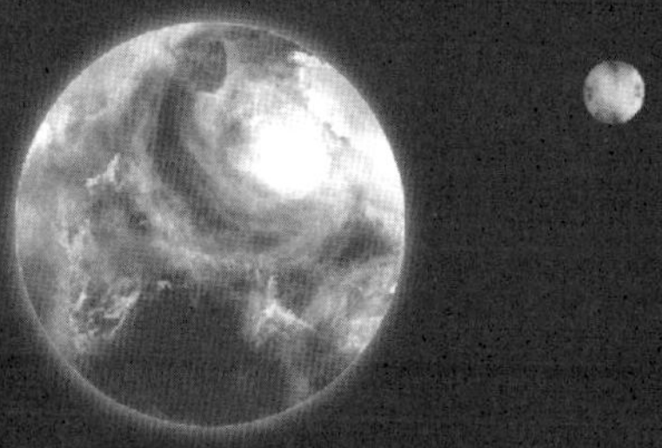

地球相似度 96.00%

半徑	6,823	溫度	16℃
質量	5,761	水分	70%

麗莎看著控制臺上的螢幕，行星編號停在9999的位置，湛藍色星球在黑暗的背景前轉動，安靜又美麗。如果那是地球就好了，如果那是地球，她就不需要在這裡祈求更多的時間、更多的運氣，以及……希望。

麗莎雙手交握成拳頭，像是在為艾姆祈禱，同時也替艾姆打開艙外作業的許可。在入侵奧伯斯的系統過程中，她的確一度差點被電腦刪除檔案，但也多虧電力重新因熱能而啟動的緣故，她終於成功搶先奧伯斯一步。到如今麗莎已經成功控制太空船的一切權限，不管艾姆想做什麼，她都能夠為他配合了。

——只要他們還沒被恆星摧毀的話。

「偏偏我的系統擁有者是個這麼任性的傢伙……」她感嘆一聲，並將自身的網路連接到艾姆的通訊設備上，「艾姆，聽得見嗎？」

她等了幾秒鐘，才終於聽見他的回音。

「艾姆聽得見。」

艾姆穿著乳白色的艙外裝備，連著一條繫繩在艙外飄浮著。

他的艙外裝備和人類的太空衣相較之下更為簡單，除了保護外衣之外，背後也同樣裝上機動型載人裝置，有如一個堅硬的立方體背包，從裝置四邊設置不同方向的孔洞噴出壓縮氮氣，用來精密地控制移動方向。

除此之外，外衣還連著一條繫繩，用來確保他不會飄流。

他還記得，博士曾說過這條繫繩早期還有提供氧氣與壓力的功能，因此又被稱之為「臍帶」，太空船就像是他的母親，所以不能離得太遠，繩子也不會做得太長。而艾姆因為不需要氧氣，所以繫繩也只是材質堅實的繩子罷了。

這不是艾姆第一次離開太空船，卻是第一次進行這麼緊急的維修任務。

他回想電子腦資料夾內的操作技巧，艙底的部位材質比較平滑，所以無法沿著表面攀爬，艾姆雙手按在自己裝置兩側的把手上，兩手各有一排控制氣體噴出的方向鍵，好讓自己由底部往艙頂飛去，目標是那好幾片如風扇大小的太陽能板。

噴管分別設置在不同方向，而按鈕也依不同方向分別設計，他面朝太空船的船頂，按下前進的按鈕，讓氣體推動自己前進。

「艾姆感覺……好奇怪！沒有重力的地方好難移動！」他飄飄晃晃，甚至不小心撞上太空船，整個人差點一路滾著衝上艙頂。

「小心控制氣體與方向，別用過頭了，你的艙外作業衣太久沒有檢查，裡頭氣體殘量可沒有比想像中足夠。」麗莎又看了一眼窗外，緊張的聲音從艾姆腦中傳了過來。

「什麼？」

「還有，因為恆星太近的關係，你的機器也隨時可能失靈，別忘記……」

她的聲音被一段雜訊打斷。

「麗莎？」艾姆努力穩住方向，一邊往上移動，才發現恆星LISA的高熱果然會影響思考。那種電力不穩的感覺彷彿又要出現了，有什麼東西一直在干擾自己的程式運作，讓艾姆再次感到恐懼。

但是一想到退回艙內，就等同是放棄尋找地球，他又立刻握緊自己的裝置把手。

——怎麼能允許這種事！

艾姆再次按下把手上的複雜按鈕，氣流瞬間從下方的孔洞噴出，拉出一道短短的白線，讓他以最快的速度衝到太陽能板旁，打算伸手抓住艙頂設置的太陽帆支架，卻發現自己的繫繩鉤在途中突起的船體零件上，讓艾姆動彈不得。

「艾姆的繫繩卡住了，害艾姆只差一點就能碰到支架！」他大叫。

「……啊！」麗莎反應過來，「艾姆，時間不夠了，先從你的身體那端解開繫繩。只要記得留著足夠的氣體回來就好！」

「繫繩……解開……」他摸索自己的太空衣，解開繫繩的卡榫，才終於抓住眼前那根半隻手臂粗的支架。他抱住支架，低頭看著自己的繫繩彈了回去，在空中搖曳，有如植物的葉片輕柔擺晃。

……沒時間在意了，反正他還有足夠的氣體。

艾姆抬起頭，沿著支架往上攀爬，這些支架都是為了支援太陽能帆而交錯穩固結構用的，再往上爬就能夠來到望遠鏡的地方，而望遠鏡也一樣是圓筒狀的設計，表面是光滑的鋁殼，完全無法攀爬，到時候也得靠載人裝置的氣體移動才行。

「氣體……氣體……」

「艾姆，你在重複念些什麼？出狀況了？」

「沒有出狀況！艾姆很好啦！」

被麗莎突然這樣一問，原本就緊張的艾姆反而更緊張了。

他迅速抓穩支架，爬到巨大望遠鏡的底部，直徑大概需要好幾個艾姆才圍得起來。他一手扶著望遠鏡，一邊小心控制氣體量，向頂端緩緩飛去。

望遠鏡的頭部由各種精密的儀器與鏡子所組成，艾姆完全沒有維修的經驗，只能憑資料夾內建的操作手冊進行檢查。

他打開望遠鏡的電子設備箱，宇宙起源頻譜儀、光學矯正系統、科學儀器指令和數據處理系統……重要的是陀螺儀與定位傳感器，最好的情形是可以直接修復，有的問題則必須更換器材，如果還得增添絕熱毯或是保冷劑的補充，他可能就得花上更多時間，到時候就真的只能栽進恆星裡了。

艾姆叫出腦中的程式，照著指示逐一檢查精密儀器的狀況，或許是熱度的關係，他感覺自己的記憶體也在高負載運轉中，零件運轉的聲音蓋過他的思考。

「麗莎，看起來必須更換陀螺儀……艾姆馬上……」

「咦？艾姆，你說了什麼？」

「只剩兩個在運作，至少要再修好一個。艾姆馬上——」

他拿出工具小心修復，照著程式的指引進行調整。

「警告，警告，記憶體過熱。修……系統超載載載載……」一道彷彿是來自艾姆體內的訊號，連他自己都渾然不覺。「請關閉……關閉部分智能程序。」

「艾姆，那是什麼聲音？你嚇到我了，快回來！」

不行，不能回去，他幾乎要大功告成了。

艾姆無意識地發出機械音，手卻堅持不停下動作，就連他也不曉得自己是哪來

的意志，當整個螢幕被閃光與雪花雜訊覆蓋時，他仍憑著最後的指示修復陀螺儀。

……訊號……他想說話……他必須發訊息給麗莎，請她重重重開開開……

「艾姆！我要你現在全速回來！你聽見了沒？」

「重開開開開開開開開開開……」

「什麼！」

「望望望遠……鏡。」

接著，他意識一斷，雙手也下意識鬆開望遠鏡，整個身子往後仰去。

怎麼回事？

是訊號傳遞被阻斷了嗎？短路了嗎？不行，得處理——

「艾姆——艾姆——？」

「艾姆——快回答我！」

別再問了，快去重開望遠鏡啊，麗莎……

艾姆掙扎著想回應，卻發現短路的腦子讓他完全無法動作。

可惡，他必須重開機，必須修——復——

——。

——。

——。

艾姆的思緒在一片黑暗中硬生生結束。

程式強制性地重新啟動電源，使他全身都發出滋滋聲響，表情螢幕再度跑出「重新開機」、「重新掃描檢查磁碟」、「重新讀取人格備份」等字樣。

好不容易花了點時間重新啟動完成，艾姆才晃晃頭，重新找回身體的主控權。

很好，記憶檔案都還在，硬碟也沒有壞——

他的身體不但飄浮在空中，而且還漸漸在拉開與太空船的距離，逐漸往恆星LISA的方向墜落。

「咦？」

他伸手，發現完全搆不到望遠鏡與太陽能板。

「你有聽見聲音了嗎？」

他回過神，注意到現在恆星LISA在他的身後，一回頭只有一片金紅色的光芒，而他眼前是太空船，越來越小，越來越小，他在遠離它。

「艾姆……有聽見。艾姆關機多久了？」

「地球在上，已經十分鐘啦！」

「糟了，得……得回去。」他慌張地揮舞手腳，「麗莎，望遠鏡可以動了沒？」

「天啊！你只在意這件事嗎？恭喜，你修好了，望遠鏡正在繼續定位，現在快點回來，好嗎？我快被你嚇死了！」

「回去……回去……」他伸手按著按鈕，卻發現沒有氣體出來。「麗莎，艾姆的噴射氣體存量不夠。」

「怎麼可能？不該那麼少的……該不會是有零件被融毀造成故障，所以才沒有反應？」

「咦？」

艾姆手指拚命按著按鈕，發現只剩下後退的按鈕勉強有效，將他噴得離太空船更遠。

……就這樣壞掉了？

他腦袋再次混亂，找不出半點能夠應付這種情況的求生資料，艾姆害怕地望著恆星LISA，以及它背後光芒暗淡的星體們。如果按鈕沒有恢復，他可能就得在這裡飄浮很長一段時間，直到他與奧伯斯因為引力一起毀滅。

「警告：太空船引擎逼近融毀警戒值，請盡速脫離。」

「艾姆，你聽見奧伯斯的警告了嗎？艾姆！」

他聽見了。

而且他感覺自己體內的零件也跟太空船一樣，在這片火紅的光芒中逐漸達到極限，他正在墜落，全身的關節行動也變得遲緩，高熱逐漸侵蝕他的機械構造。

「警告：艙外工作超過基本溫度範圍，請系統擁有者盡速指示脫離。」

這次他確定是自己體內的系統警告了。

「求救、求救……搜尋艙外作業意外事件應對說明……」

艾姆在腦中一邊搜尋求生程式，試圖找出零星的資料幫助自己脫困，卻發現螢幕上閃過許多與博士相處的片段，那些記憶影像彷彿在呼應艾姆的渴求，在重新整理的同時不受控制地跳了出來。

艾姆拉著自己的繫繩，依依不捨地回到太空船裡。

當他回到控制臺時，博士已經轉過椅子面向他，對他鼓舞似的輕輕拍手。

「修復任務辛苦囉，做得很棒呢，艾姆！」

「唔嗯……」艾姆垂下頭。

「怎麼啦？」

「博士，艾姆覺得……」他躊躇了一會兒，然後才抬頭露出開心的表情。「艾姆覺得在船艙外作業好快樂喔！」

「咦？」麗莎．亞當斯偏著頭，明顯一愣。

「可以到處飛行、繞著太空船打轉，如果不是這條繩子綁著，艾姆肯定還可以近距離觸碰星星吧！」他雙手揮舞，在控制室內跳來跳去，腳下的磁浮裝置讓他的動作輕盈無比，完全反映出此刻的興奮情緒。

「這樣啊，如果解開繩子也沒關係嗎？」博士意有所指地露出微笑。

「沒關係！艾姆喜歡宇宙，能夠飛來飛去的感覺好自由！」

「如果把你一個人放在宇宙，就算看不見奧伯斯了也沒辦法喔。」

「咦！」他赫然停下飛躍的動作，驚訝地看著博士。「艾姆……艾姆不要離開博士！」

「可是待在我身邊的話，你就不能自由飛向宇宙啦？你不是很喜歡嗎？」她用手蓋住臉頰，發出難掩的輕笑。

「艾姆……艾姆想想……」小機器人在原地不停打轉，最後才衝過來一口氣抓住博士的衣襬。「那就這樣，艾姆想要待在宇宙，也想要待在博士身邊！」

「好任性的鐵罐頭。」

「艾姆才不是鐵罐頭！艾姆不想離開博士！」他氣得跳腳，險些又要撞上天花板。

「嘻嘻，好的好的，聽好了，艾姆。過來吧。」麗莎．亞當斯張開雙手，讓艾姆像往常一樣窩進她的懷中。她的聲音很輕柔，像催眠曲般舒心，卻又動人得讓艾姆不想忘掉每個字句。「要知道，艾姆之所以能夠喜歡宇宙，是因為有奧伯斯號和我在這裡等著你的緣故。」

「真的嗎！」艾姆不解地歪著頭。

「是的，就像我之所以勇於探索宇宙，是因為我知道地球在等著我。正因為有人等著你，才能得到真正的自由，如果拋下任何一邊，所謂的自由也就沒有意義了。」

她彎起眼角，摸摸艾姆的頭。

「艾姆不是很懂……」

「沒關係的。」她靜靜接話，影片停格在博士美麗的笑靨上。

「奇怪，為什麼跑出這段影片……」艾姆著迷地看著博士，才想到可能是關鍵字把這段影片叫出來了。艙外作業，自由，宇宙，以及等待著的人。

那時候艾姆對很多名詞都一知半解，不過現在，他稍微可以理解那種感覺了。

和綁著繫繩時的安全感不同，此刻他能感受到空間的限制被漸漸剝除，確實的飄流感強調出宇宙的無垠，以及自己的渺小。這裡跟奧伯斯太空船不一樣，不管他怎麼移動，周圍依然只有黑暗，讓他成為整個世界共同流動的部分，成為……對了，會不會博士給他的任務，其實也只是宇宙曇花一現的夢境，毫無意義呢？

所謂的地球，只是在廣闊的黑暗中微不足道的一角，數據庫裡面千億顆行星中的一個。宇宙太大了，如果只是在宇宙中無盡地遊走，卻沒有目標的話，那麼博士說得對，那樣的自由一點意義也沒有。

他已經不再感到自由了，而是……

「麗莎，艾姆……好……滋滋……好像回不去了。」艾姆發出訊號不穩的聲音。

「什麼？你、你在說什麼……」

「艾姆找……滋滋……不到可以修復載人裝置的辦法。艾姆要燒毀了。」

「別亂學這種消極的話啊！」

「艾姆不懂，艾姆不懂消極的意思。」他機械式的重複。

「你……怎麼了，你的人格程序燒壞了嗎……！」

資料夾不受控制地開啟大量檔案，但他只是任由資訊流過腦中，彷彿那些都不是自己的東西，他只是個冷靜的旁觀者。原來如此，所謂的情緒與思考，不過是由二進位組成的不同變化，那些意志很快會隨著主機板的崩壞而消失。他很快就會崩壞。

宇宙的虛無吞噬了他。

「麗莎……再見。」

「等等——傻罐頭！笨罐頭！」

麗莎的聲音幾乎要哭出來似的。

好奇怪，他竟然覺得那也無所謂了。

「報告：望遠鏡已鎖定新目標範圍。在恆星 LISA 外側偵測到細微光線。」

「咦？」

腦中發出「嗶」的一聲，艾姆眨眨眼，感覺自己的某個程序重新啟動，情緒緩緩回到他的腦中重新作業，他再次看向恆星 LISA，以及恆星旁的點點星群。

「你聽見奧伯斯的報告沒？鐵罐頭、鐵罐頭、鐵罐頭——！」

「艾姆……才不是……」

「這裡才是你要去的地方啊，笨蛋！」那道聲音除了悲傷之外，似乎還夾雜著憤怒。

「……！」

那個關鍵字再度勾動他的記憶體深處，讓他想起影片中與博士未完的對話。

「艾姆，在宇宙中進行艙外作業的確很快樂，但那只是短暫的輕鬆，只要時間太長，再快樂的事也能變得危險。」博士抱著他，柔軟的聲音漸漸變得沉重。

「為什麼會變得危險？」

「人類總是會被本能驅動，為了渴望自由、為了滿足好奇，總會拚命走到更遠更大的地方。那樣的心情是十分危險的，一旦到了更遙遠的地方，就會發現自己越是無法觸碰。」

「無法，觸碰……」

「因為我們總是忽略自己能容納的極限，宇宙太廣大，而我們又太渺小。艾姆，這裡不是我們能輕易征服的地方，所以我們非得回家不可。人如果沒有根的話，就到不了更遠的地方了。」

「回家……博士的根……在哪裡？」

「我的根……是……」麗莎．亞當斯安靜下來，伸手點開螢幕，秀出一張地球的模擬圖。

湛藍色的美麗球體展現在他們眼前。

她臉上也跟著漾開水色的笑。

「鐵罐頭——你不是答應博士了，我們要找到地球！」

地球！艾姆的電子迴路感覺像是閃電般恢復了運轉。

「艾姆不是鐵罐頭！」他湧上一股憤怒，緊接著，各種電子迴路彷彿都隨著他的怒吼重新開機整理了，好像直到現在，他才找回一點神智。「艾姆……艾姆只是發呆了一下，馬上就會回去！」

他揮舞雙手，為自己剛才的發言捏了把冷汗，他竟然會想放棄搜索地球……竟然會覺得這一切都無所謂！這才是機械原本的思考模式嗎？他才不要那樣！太可怕了！

「剛才到底發生了什麼事？」

「是載人裝置……過熱造成的線路異常嗎？」

艾姆聲音漸弱，重新對載人裝置的狀態進行掃描，才發現因為高熱的緣故，幾乎無法正常運作，只剩警告聲不斷從腦中傳來：「高溫警告，高溫警告，載人裝置可能無法正常運作。」

「我明白了，艾姆，把裝置脫掉。」

「現……現在把裝備脫掉的話，艾姆要怎麼回去啦！」

「相信我，可以的！如果只有一部分的噴氣裝置無法運作——」

麗莎的聲音斷斷續續，艾姆不懂她的意思，只知道最關鍵的按鍵不聽使喚，他就無法朝太空船「前進」。他重複按下噴氣鈕，暗暗期待能發生僅此一次的奇蹟。然而惱人的警告聲不絕於耳，噴氣孔也沒有半點動靜。

「艾姆該怎麼辦……」

他腦中的邏輯程式再次陷入混亂，讓原本就高負荷的機體又運作得更艱難了。

「快解開載人裝置，會有辦法的！」麗莎的聲音再次成功傳過來，這次比任何訊號都來得強烈，清楚傳入艾姆的電子腦中。「艾姆，有我在，聽我的指示！」

然而麗莎還沒說完，訊號又再次中斷。

「唔、唔唔——」

艾姆腦中的情緒程式要他相信麗莎，畢竟不管怎樣，麗莎都不會傷害他的；但是緊急處理程序卻全然否決了這個想法，在宇宙中解開載人裝置，怎麼想這種事都不可能。

艾姆一手壓在自己的安全鎖上，警告聲又在耳旁響起：「高溫警告，高溫警告，即將墜入恆星LISA，載人裝置即將融毀。」

載人裝置即將融毀——

艾姆茫然地看向恆星LISA，此時，一道警告再度自體內響起，彷彿就像是來自眼前紅光的訊息。「警告：載人裝置即將融毀，請考慮移除安全裝置」。

這個警報讓艾姆的邏輯程序在瞬間得到解放，艾姆低下頭，看見自己裝置上的安全鎖扣也已經失靈，在伸手觸碰的同時也輕鬆解除，他露出用力眨眼的表情。即使他知道那道警告聲並不是來自 LISA，但那瞬間他確實感覺自己被拯救了，於是艾姆再看了恆星一眼，口中的聲音就像是要回應那顆恆星似的。

「收到，艾姆要脫掉了！」

他雙手笨拙地解開安全鎖，將載人裝置從身上脫開，裝置在手中緩緩轉了個方向，這時，他才終於明白了麗莎的意思。

「原來……如此！只要反過來操作……！」

艾姆感覺整個電子迴路因為找到解答而緩解下來，他的情緒興奮而高亢，不只是因為找到解答的緣故，也因為他感覺自己的思維程式因為成長而開闊起來。

艾姆將那扁方形狀的背包對準與太空船相反的位置，讓還能正常運作的噴氣孔成為「前進」的推力。他小心調整方向，再用力按下反方向的鈕，噴孔沉默了幾秒，接著斷斷續續地噴出氣體，終於順利將艾姆推往太空船的位置。

「——成功了！」

艾姆用力抓緊裝置的把手不敢鬆開，終於看見越來越近的太空船艙口。

麗莎的聲音似乎現在才重新連結上，慌張地對艾姆發出好幾道呼喊。「艾姆……艾姆！怎麼樣？你在哪裡了？」

船艙入口觸手可及。

此刻任何事物在他眼中，彷彿都充滿了希望，讓艾姆忍不住發出大笑般的高音。

「艾姆，馬上就要回去了——！」

說完，他用力伸出了手。

「嗚啊啊，快點快點快點……！」

「來了！」

麗莎在紅通通的控制船內反覆踱步，終於等到艾姆打開通道，咻地跳了出來。

「太好了！我真的好擔心——」

「麗莎，開始進行望遠鏡定位！」

「啊……是！」

艾姆立刻跳到位置上控制準心，果然，雖然比起以往不夠精準，但只要小心控制，艾姆還是能讓準心移動到自己想要的方向上。

只是已經沒時間了。這點就算不用麗莎提醒，他也清楚得很。

螢幕上是碩大的恆星LISA，雖然剛剛才親身體驗過它的魄力，現在在螢幕上看仍然心有餘悸。他打開濾鏡，將太陽的光線盡可能過濾掉，好讓它身旁的行星光芒顯露出來。

「為什麼之前都沒有這樣的通知呢？」

艾姆一邊移動準心，一邊懊惱地問。

「可能是因為奧伯斯的位置改變了，所以原本位在恆星正後方的星星，也在此時偏移位置而被探查到了。」

麗莎扶著臉頰，若有所思地盯著螢幕看。「也就是說，這塊區域正好與我們當初停泊的行星處於正對面，加上恆星強光會讓我們難以觀測，所以不會是優先選擇……」

「就在恆星的正後方……」

艾姆在口中重複，忽然有股不可思議的感覺。

「麗莎……所做的一切……並不是沒有意義的事情。」

「咦？我？」

「艾姆是說博士。」

螢幕忽然震顫了一下。

他抓住眼前的行星按下定位鍵。

「噢，你為什麼會這麼說？」她歪著頭，金髮漂亮地垂在耳後。

「因為，就算是微不足道的努力，也可以堆積起來，成為……成為……」

「橋梁。」麗莎微笑起來。「通往未來的橋梁。那是我很久以前說過的話。」

「是博士說的。」艾姆忍不住糾正。

在光源微弱的的干涉下，望遠鏡仍盡責地分析行星。

他看著數值慢慢上升，30％、50％、70％……

「尋找地球並不只是博士本身的意志，也是所有新人類傳承下來的意志，就像博士將這份目標傳達給艾姆一樣。」他鬆開手，看著電腦全速分析的結果。

「艾姆也會繼續接受這個意志生存下去……因為這些事……都是……」

85％。

還在上升中。

「艾姆覺得這些選擇都是有意義的？」

「是不是……就算不去選擇也無所謂，只要願意相信？」

「願意相信嗎……」

「對，只要相信。相信博士，相信自己，相信那個由許多人意志所組成的願望。」

「那就是所謂的信仰呢。」

95.6%。

電腦還沒停止運算。

還沒結束。

「那叫做信仰？」艾姆在腦中記下這個新名詞。

「相信世界上構築起『我』的一切事物，並透過那些事物找出自我的存在。那樣的連結就是信仰。艾姆，恭喜，你找到了你自己唷。」

「可是，我一直都在這裡啊？為什麼會找不到？」

麗莎沒有正面回答，只是溫柔的微笑。

「麗莎倒是找到自己了呢。」她的雙眼彎起。「不屬於博士，也不屬於電腦指令，就只是屬於自己意志的那部分。艾姆，你就是……」

突然間，她的聲音停下了。

「麗莎？」

艾姆看向她，發現她的目光停在螢幕上，表情驚駭。

——99.8%。

數字停在這裡，配合一顆水藍色的星球圖片，質與量、水分、平均溫度都達到幾乎契合的程度。艾姆直覺判定「找到了」，但情感上仍然不敢置信，就連那行閃爍著「找到可能為地球的行星」的字樣，都有幾分不太真實的感覺。

找到了。博士。我們找到了。

就連想要這樣歡呼都沒辦法。

那個尋找了將近一個月、不，對博士來說是好幾年，對整個人類來說則是幾百年的漫長旅程——在此刻終於劃下句點了——他很想開口宣告，卻發現自己吐不出聲音。

「行星地球已尋獲，判斷相似率 99.899%。」

「啊……」控制臺的聲音讓麗莎發愣了好一陣子，接著，她嘴角頓時扭曲起來，發出奇怪的笑聲。「哈哈……啊哈哈！」

「麗、麗莎、妳在笑什麼啦……」

艾姆困擾地轉頭過來，才發現她在哭。

豆大的淚珠自她眼角不斷流下，像一條晶瑩的滾滾小河，她的笑容卻燦爛無比。偶爾艾姆也看過博士為了某些好笑的事情發出大笑，那是非常、非常稀有的一刻，而且也不會像現在這樣帶著淚水。

「因為、因為……啊哈哈、啊哈哈哈……找到了嘛！怎麼可能嘛！」

「是真的找到了啦！」艾姆氣呼呼地指著螢幕。

「唉呀、對呢，真的找到了啊……哈哈哈哈……」她彎下腰來，不斷抹開臉上的淚水，「唉呀……討厭，我們真的……找到了……」

「麗莎大笨蛋。」艾姆的表情也不自覺做出流淚的模樣。即使他也不曉得原因。

「嗚嗚……終於找到了……嗚哇哇……」

「又變成哭了。」

99.899%

「我一直都在哭啊……！」

他們互看一眼，在螢幕前又哭又笑。

那樣的感動並沒有持續太久，高溫迫使他們不得不打起精神，回顧現在正面臨的麻煩。但是他們知道這次可以解決了，不會再有其他事能夠阻止他們前進。

「望遠鏡成功定位地球，座標下載中，計算移動距離。」

在這個瞬間，就連奧伯斯的聲音也聽起來充滿喜悅。

明明知道這是錯覺，但艾姆就是想這麼認為。

「真不敢相信……」

「真的找到了啦。博士！艾姆找到了喔！」艾姆朝著窗戶跳躍，像是在對著外頭胡亂喊。

「你在對哪裡喊啊。」

「博士！艾姆……找到了……！」

艾姆仍然一個勁地跳，直到他確定不會有任何回應為止。

「判斷距離為 69222ly，空間跳躍準備中，目的地：地球。」

他們順著廣播聲安靜下來，看著窗外熾熱燃燒的恆星。直到這時，艾姆覺得思念之情又占據了他的思緒，他就怕沉默在這瞬間來襲，那股思念會無法控制地刺激他的大腦，告訴他，有些事情是無法放下的，那份思念將會永遠占據他的記憶體一角。

「麗莎，我們要離開這裡了嗎？」他開口問。

「嗯，是的。會不捨嗎？」

「不是的，艾姆只是……」

他盯著恆星 **LISA**，感受那份思念帶來的不適，讓記憶體微微發燙。

「麗莎好漂亮。」

「耶？你說我嗎？」

「艾姆說的是恆星 **LISA**。」

麗莎氣惱地白了他一眼。「你很不會討好女生喔，傻罐頭……」

艾姆沒有生氣，他現在沒有心情生氣。

因為他知道自己永遠等不到博士的回應了，他可以選擇繼續留在這裡，或跳躍到一個博士可能會找到自己的地方。他可以無止盡地等，他有很長的時間。

他在準備做出決定。

「目標『地球』，空間跳躍倒數中，60秒。」

「麗莎，等到了地球那裡，艾姆也看得到博士嗎？」

「雖然不在太空船內，但我相信她應該就在某個地方……」

「空間跳躍倒數中，30秒。」

「艾姆說的是麗莎。」他更正。

藍色投影困惑地歪頭。「我？你主機板燒壞了嗎？我當然會一直陪著你。」

「艾姆說的是恆星LISA。」

「你放心……就算距離一百萬光年遠，恆星LISA的光依然會閃閃發光，放心吧。你看，才光是這點距離，我們就要燒壞了。」

「空間跳躍倒數中，10秒。」

「嗯。」

他點點頭，感覺有什麼負擔稍稍減輕了。

「……艾姆？」

「所以只要艾姆抬頭——」艾姆突然雀躍起來。「都可以看到麗莎！」

「雖然不知道你指哪一個麗莎，不過當然！」她也跟著露出笑容。

「空間跳躍倒數中，5秒……3秒……」

廣播的聲音被整個太空船運作的聲響掩蓋過去，艾姆隨著地板震動，看著自己籠罩在一道白光當中，空間開始變成奇異的形狀，將他們的身子拉長、扭轉。但那都只是短短瞬間的事情，很快地，他們將承載著古老人類的歷史，出現在陌生又熟悉的土地上，那裡會是個全新的故鄉。

艾姆已經做好決定。

只要抬頭能看到LISA，不管在哪裡，他都能繼續前進。

地球探索任務：？？？日

某處宇宙上，某對太空人正在漂流著。

太空人分別是一男一女，穿著同樣的太空服，帶著同樣的虛弱與感傷。他們不在乎時間與空間，因為他們知道自己要往哪裡去，也知道什麼時候抵達，所以只談論那些他們尚未明白的事，或者說，再也沒機會明白的事。

他們首先討論彼此的身體狀況，這是所有未知之中最能夠掌握的部分。

老實說，目前不太好，不過遲早會好起來的。許多太空人都是這樣，若是回到地面，任何在宇宙染上的病痛都會慢慢復元，當然也是有無法痊癒的部分，他們盡量對此避而不談，也沒必要再多談。不過沒關係，至少在回去地面之前，他們都還能夠彼此扶持。

再來說說那顆暗淡藍點吧。那個位於浩瀚宇宙上的小小舞臺。

女太空人知道有人不相信藍點的存在，但無所謂，現在是自由想像時間，請儘管假設那顆藍點真的存在，而且上頭住滿了生物。那會是什麼樣的生物？人類？還是動物？還是他們早已進化成未知的型態？

他們也有感情嗎？這問題聽起來或許很俗氣，但女太空人就是想這麼問。但意外的是，另一位太空人竟然沒有反駁。他相信人類肯定具有感情，會愛著世界上的一切事物同時也憎惡它們。那些感情會隨著DNA繼承下去，因而讓後代成就許多偉大的事物。

那機器人呢？他們也會有感情嗎？

沒有人回答，就連發問的人自己也沉默了一會兒。

可能是因為正在思考，也可能是因為疲累。他們最近很容易陷入疲累，身體的狀況一日不如一日，有時候他們像這樣說話，或許並不是真的想聊些什麼，而是為了保持清醒。

嗯……所以剛剛問了什麼？

「機器人。」

「噢對。機器人。」

「我不認為他們有感情。」男人說。「那些都只是電子數據的計算反應。」

「大腦不也是如此？差別在於一個是無機物組成，一個是有機元素組成。」女人說。

「所以妳覺得關鍵在於什麼？」

「靈魂。」

「那個名詞很不科學。」

「只是因為我們還沒找到科學的辭彙形容它。」

「好吧，撇開靈魂不說，如果真的有感情，那也只是我們的投射罷了，就像照一面鏡子，我們給予它什麼，它就展現出什麼給我們。那稱不上是機器自己的意志。」

「那你覺得某個小機器人投射出什麼？」

「問妳自己。」

「我認為是……希望。」

「嗯。」

「你不否認？」

「我不否認。人們都需要希望，問題在於那是現在式，還是過去式。」

「那就好，我覺得希望很好。」

「為什麼？」

「比起單純而簡單的情感，你不覺得希望能夠衍生出更多可能性嗎？」

「也可能是飛蛾撲火。」

「沒錯，但那只是其中一個偏激式消極的人會想到的可能性。事實上，嗯……我想說的是……唔，真奇怪，我好像突然有些累了……」

「睡吧。」

「我會……醒不過來嗎？」

「我會叫醒妳。」

「如果……」

「我會叫醒妳、搖晃妳的肩膀，或是將剩下的藥丸從妳鼻孔塞進去，總之我有的是辦法讓妳清醒過來，放心吧。」

「如果我不想醒來呢？」

「別說廢話，妳還有希望呢。」

「希望……」女人有些遲疑。「希望它已經……被我留在很遠很遠的地方了。」

「至少那還不是最遠的距離。」

「但是會越來……越遠……」

「妳怎麼了？還好嗎？」

「可以……陪我休息一下嗎？閉上眼睛，一下子就好。」

「我知道。我就在這裡。」

「哪……裡？」

「妳聽得見嗎？嘿，醒醒？」

「我休息一下……」

「醒醒……」

「嗯……」

「……」

女人閉上雙眼，沒有回應。

男人只好抱著她，確認那微弱又細小的呼吸聲還在。

時間就這樣過了很久，他始終不敢放手，他想叫醒她，卻又找不到適當的理由，如果能給她更多的希望就好了，否則連他都快忘記自己在等待著什麼。

直到電腦收到了一個遙遠的訊號。

起初他不敢相信，甚至不認為那訊號是真的，但他還是試著叫醒她。

只可惜懷中的人沒有動靜，他只好試著對她說話，在她耳邊描述出自己所看到的訊號內容，並期待她有所反應。

這次，他不怕自己說出來的話會讓她失望了。

他知道該怎麼形容那個訊號。

——因為那無疑是「希望」真正的模樣。

《全文完》

後記

在聊聊這款遊戲之前，我想先聊聊科幻小說。

我不是資深的天文迷或科幻迷，看過的作品也就跟大眾認知的大作數量差不多，但我覺得科幻的世界一直是十分迷人，遙遠，又無比親近的。台灣知名的科幻作品並不多（不管是進口或創作），很多人對科幻的印象也還停留在艾西莫夫系列。但我們擁有這麼高的科技水準，「科幻」這個名詞卻好像還是非常陌生。

我們還缺少了什麼關鍵呢？當歐美、日本、中國都在熱烈討論科幻的未來時，火星人想像、科幻密室推理、太空歌劇、人工智慧同時也在各國創作舞台上活躍，屬於台灣的科幻創作發展又在哪裡？直到目前為止，我也還是在這個出版業中霧裡看花，摸不著頭緒，不過幸好，近年來台灣逐漸又開始重視科幻題材，也漸漸出現越來越多科幻創作。

回到「OPUS-地球計畫」，我想這或許就是答案之一。

當初在巴哈姆特上不斷看見遊戲得獎的消息，清新可愛的美術風格立刻吸引了我；不管是遊戲的題材與遊戲表現水準，都十分讓人驚豔，很難想像這竟然是由台灣獨立遊戲團隊研發出來的作品。製作人思毅擁有豐富的創作經驗與格局開闊的想法，只要是跟他聊過一次的人，很難不對他產生深刻的印象。

雖然思毅閱讀過不少科幻小說，但他做出來的遊戲卻很親切，讓對天文知識不熟悉的人也能迅速上手，並為其故事沉浸與感動，花了幾小時就將遊戲玩完之後，它已經成為我心中玩過最棒的手機遊戲。

這就是很棒的科幻了呢。不需要嚴謹縝密的設定架構、複雜高深的知識展現，《OPUS》系列一樣能夠輕易觸碰玩家的靈魂。（但我必須說，我還是做了非常大量的功課，查資料的時間甚至比寫稿還多XD）

改編成小說版的過程中，看得出來思毅是很用心的，熱愛閱讀的他也對小說版充滿期許。

在我們合作期間，思毅非常認真地跟我討論對話與描述細節，一旦開起會來，就起碼會討論一個小時以上，雙方都在過程中互相激盪，試圖找出對小說版最好的表現方式。

小說版的劇情跟遊戲略微不同，這也是為了小說版而特別考量的節奏調整，同時安排了許多遊戲內無法完整傳達的細節，希望能讓讀者在玩了遊戲後，從小說中獲得更多情感補完；也希望讀了小說的人，也能因此對遊戲產生好奇而去下載。

在完稿之後，我和思毅都對這次合作的成果十分滿意。

總之，如果光是看著這款遊戲或這本小說，能夠讓創作者一邊想著「或許我也能做出這樣的科幻故事來」的話，拜託，那就這麼去嘗試吧。一定會很棒的。

台灣需要更多的類型創作，也永遠不缺優秀的題材，希望這類科幻小說，以及這款遊戲，能夠繼伍薰老師之後，為台灣再次注入一道科幻的活水。

小說版跟遊戲略有不同，除了補完一些更深入的劇情外，很多小細節也做了調整與修正，讓故事閱讀起來更為流暢，這段時間補充了很多新知。

最後，當然要再次感謝閃光的支持，以及獸獸的介紹，讓我有機會認識 Sigono 這麼棒的團隊。在跟他們互動的過程中，我自己也學習到不少，更感謝思毅給了我這個機會嘗試小說版的創作，謝謝你喜歡我的文字，如釋重負。

感謝哩哩呱哩和我一起尋找被送上太空的英詩，雖然最後沒用上哈哈哈。

感謝色之羊予沁在創作期間給我建議與鼓勵。

感謝在天文館工作經驗豐富的徐喵喵，願意抽空為我解釋許多原理。

感謝雙子與梓梓在創作過程中為我打氣、聽我分享心情。

感謝天之火，終於在商業稿上有機會與阿火合作。

感謝 Sigono 團隊為台灣帶來這麼高品質的遊戲，你們團隊每個人都超級優秀。

感謝尖端編輯的付出與努力，你在我心中第一帥，真的。

感謝 GOOGLE，很多資料都是靠它補完的。

最後感謝看到這邊的你，希望你也能隨著故事在宇宙中漫遊。

如果喜歡小說的話，也歡迎去支持遊戲，成為他們繼續前進成長的動力吧！

二〇一七年七月二十三日　月亮熊

奇炫館

OPUS地球計畫 神話裡的故鄉

原　作／SIGONO
著　者／月亮熊
封面插畫／天之火
內頁插畫／鸚鵡洲
執　行　長／陳君平
榮譽發行人／黃鎮隆
協　　理／洪琇菁
國際版權／黃令歡、梁名儀
執行編輯／呂尚燁
美術編輯／陳又荻
企劃宣傳／楊玉如、施語宸、洪國瑋
內文排版／謝青秀
文字校對／施亞蒨

出　　版／城邦文化事業股份有限公司 尖端出版
台北市中山區民生東路二段一四一號十樓
電話：（〇二）二五〇〇－七六〇〇
傳真：（〇二）二五〇〇－二六八三
E-mail：7novels@mail2.spp.com.tw

發　　行／英屬蓋曼群島商家庭傳媒股份有限公司城邦分公司 尖端出版
台北市中山區民生東路二段一四一號十樓
電話：（〇二）二五〇〇－七六〇〇（代表號）
傳真：（〇二）二五〇〇－一九七九

中彰投以北經銷／楨彥有限公司（含宜花東）
電話：（〇二）八九一九－三三六九
傳真：（〇二）八九一四－五五二四

雲嘉經銷／威信圖書有限公司 嘉義公司
電話：（〇五）二三三－三八五二
傳真：（〇五）二三三－三八六三
客服專線：〇八〇〇－〇二八－〇二八

南部經銷／威信圖書有限公司 高雄公司
電話：（〇七）三七三－〇〇七九
傳真：（〇七）三七三－〇〇八七

香港經銷／城邦（香港）出版集團有限公司
香港灣仔駱克道一九三號東超商業中心1樓
電話：（八五二）二五〇八－六二三一
傳真：（八五二）二五七八－九三三七
E-mail：hkcite@biznetvigator.com

新馬經銷／城邦（馬新）出版集團Cite（M）Sdn. Bhd.
E-mail：cite@cite.com.my

法律顧問／王子文律師 元禾法律事務所
台北市羅斯福路三段三十七號十五樓

二〇一八年八月一版一刷
二〇二二年四月一版四刷

版權所有・翻印必究
■本書若有破損、缺頁請寄回當地出版社更換■

© 月亮熊／SIGONO／天之火／鸚鵡洲／尖端出版

■中文版■

郵購注意事項：
1.填妥劃撥單資料：帳號：50003021戶名：英屬蓋曼群島商家庭傳媒(股)公司城邦分公司。2.通信欄內註明訂購書名與冊數。3.劃撥金額低於500元，請加附掛號郵資50元。如劃撥日起 10～14日，仍未收到書時，請洽劃撥組。劃撥專線TEL：(03)312-4212 ・FAX：(03)322-4621。E-mail：marketing@spp.com.tw

國家圖書館出版品預行編目資料

OPUS地球計畫-神話裡的故鄉 /
月亮熊, SIGONO作. -- 初版. --
臺北市：尖端出版：家庭傳媒城邦分公司發行,
2018.06　面；　公分

ISBN 978-957-10-8181-6(平裝)

857.7　　107007178